苦辣酸甜秘聞可作新聞讀
風霜雨雪世說都當小說看

徐德亮書於狸喚書屋

李燕 绘

天桥六记

徐德亮 著

北京日报出版社

目 录

救　母 …………………… 001

二道坛门 ………………… 033

大森里 …………………… 057

凤凰三窝 ………………… 079

吊膀馆 …………………… 093

一件大衣 ………………… 113

《天桥六记》剧本 ………… 133

第一幕　救母…………………… 134

第二幕　二道坛门……………… 146

第三幕　大森里………………… 160

第四幕　凤凰三窝……………… 170

第五幕　吊膀馆………………… 180

第六幕　一件大衣……………… 190

救 母

聂黑子

聂黑子穿着一身孝袍子，拿着一对牛胯骨，带着小徒弟狗不剩，在一个寒冬的中午，来到了天桥"地上"。

"地上"是卖艺人之间都能懂的专有名词，大概可以解释为"撂地的地方"，或者"露天的场子里"。跟它相对的名词，可以是"戏园子里""落子馆里"或"剧场里"。

天桥是一大片神奇的地方，这片地方以天桥这座明清时期的汉白玉石桥为中心，向四方发散开去。这座桥在前门大街正南，过了珠市口再过了山涧口就是。桥身很高，站在桥南看不见桥北，站在桥北看不见桥南。因为年代太久远，不说脚下的汉白玉条石，就是桥身上的汉白玉栏杆都已经发黑磨损了，望柱头也残损了好多个。

此桥是天子经过之桥，故名天桥。每年，帝王到天坛祭天，到先农坛祭先农神，都要经过这里。据有些见过此盛景的老人说，皇上的銮仪卤簿威严赫赫，銮驾正在天桥上的时候，道队的前头已经进了天坛，道队的后头还没过珠市口。庚子年（1900年）八国联军之乱，等到光绪帝和慈禧太后回銮的时候，虽然没有了威严赫赫，但人数还是很多，一堆一堆的，像把溃兵组织起来一样，举着各种銮仪，像投降一样往北走。前门楼子已经被兵火烧毁了，王爷和大臣们怕太后看着伤心，特命京城的扎彩子匠，在门洞上的城墙上凭空扎出了一个高大巍峨的前门楼子。高大则高大矣，崔巍则崔巍矣，却太像给死人用的。

站在天桥的正中往北看，恰好能看见五牌楼后边高大巍峨的前门楼子，以及前门楼子后边的巍巍皇城。天桥离中国社会的最高层级真的不远。

　　站在天桥的正中往南看，左边是一带坛墙，琉璃瓦闪闪发光，坛墙后边都是荫翳的古柏，远远看去，像一片巨木顶着的绿色海洋；海的波涛中，拱出一个金灿灿、明晃晃的祈年殿的尖顶。右边的先农坛要远一些，也小得多，能看得见里边的古柏，但是看不见什么建筑了。正南方远处，是依然巍峨但却残破不堪的永定门城楼，两边都是望不到边的城墙……除了这些皇家建筑，都是矮房烂棚，破街陋巷，空地臭沟，漫荒野地。天桥离中国社会的最低层级真的很近。

　　自从民国以后，政府在天桥开辟了好几个市场，于是，这一大片地方成了北京南城最著名的娱乐之地。三教九流，五行八作，各种底层的玩意儿，各种奇怪的人物，应有尽有。

　　天桥桥下，西边流来的河已经改成了暗河，流到天桥东边的水已经分为三四股细小而肮脏的臭水。而天桥的桥头上，原来走皇上龙辇的地方，已经高悬一面"招募"的大旗，那是各路大帅招兵的地方了。没人愿意往前凑，尤其是听说外地在打仗的时候。

　　天桥这片地方，长久以来就以撂地卖艺的聚集而闻名。

　　聂黑子就是一个撂地卖艺的，他也是天桥这片儿一个著名的怪人。

　　他是一个唱数来宝的。开始，他颇能唱几段历史故事与民间传说，什么《单刀赴会》呀，《倒拔垂杨柳》呀，《盘丝洞》呀，都没什么大意思。词都太土，韵也不强，辙口还都不准。要听故事的人家听大书去了，要听滋味的人家听落子去了，他这一句一句的数来宝,数了半天,来不了宝。最后,他还是得往要饭的老路上走。

要饭的唱数来宝,是不传而传,又传了多少代的"绝活",各省要饭的都会用不同的方言唱,现抓现编,随口唱来;尤其是走到各个买卖家门口或者宅门门口,随口唱点儿相关的内容,祝福祝寿,说点儿好话,要点儿小钱。

有条件的打个竹板,没条件的拿打狗棒顿着地,打个节奏。这算是后来快板和快板书艺术的前身。

聂黑了发现,与其唱人家不爱听的故事,还不如唱点儿新鲜事有谱:东家长西家短,哪家小寡妇怀孕了,前天东直门里砸了"明火"了,昨天拉洋车的把电车给砸了,等等,不一而足;再加上点儿祝福祝寿的俗词和黄色的滥调,他总能奔上点儿窝头钱。

入了民国,不讲革命的,也讲改良。聂黑子就是要饭的里边懂改良的。上午下午,他去前门大街两边的胡同里"唱买卖"——往买卖家的门口一站,唱唱您这个买卖怎么好,怎么能挣钱,反正不给钱不走。因为每天都去,那些买卖也都是固定不变的,所以有好多词虽然是现编的,聂黑子也能记住,没事自己还想想,再往下编。

虽然聂黑子大字不识,也不懂《五方元音》,但是架不住他多琢磨。每家买卖的词越记越多,他就越唱时间越长,周围能围一堆闲人看。

有时候赶上掌柜的心情不好,就是不给钱。他也有个拧劲儿,就不走,就一路唱下去,词还不"翻头"。

有的时候周围的老太太，或者其他铺眼儿的掌柜的看不下去了，过来给他几个钱，让他走，他还不走，非但不走，钱还不要，非把你这家买卖的钱要下来不可。

　　因此他在要饭的里头，也出了点儿小名。

　　等到中午，买卖家都吃饭了，他不能去人家门口招讨厌；或者傍晚的时候，他已经走了一下午的胡同，唱了一下午了，他还要来到天桥地上，再挣一点儿钱。

　　天桥有好多艺人，撂地卖艺。卖艺可不是没本钱的买卖，地是官家的，包给了各个市场里的商户或者地赖，哪个艺人想占一片地卖艺，得给地钱。地钱虽然不多，但要是一下午才能挣出俩窝头钱来，再给了地钱，就连一个窝头都吃不上了。

　　能挣上钱的，或是组班搭伙的艺人，占的地方大，挣的钱也多，地钱多点儿不算什么；水平差点儿的，挣不着什么钱的艺人，就得靠边，找不好的地方，占的地方也得小点儿，才能少花点儿地钱。

　　像聂黑子这种要饭的，能占什么"正地"呀！但是他有主意。他先跟练武术的李大刀混得精熟，然后没事又帮李大刀打扫场子，收拾收拾家伙；再熟点儿了，跟李大刀的徒弟说得上话了，他还真帮上李大刀点儿忙，给他出了口气。

　　李大刀有个街坊，是开四等窑子的白椿香白老鸨子。这个娘儿们岁数其实不太大，是个又贱又狠又不是东西的穷种，原先她在路北的八大胡同挂牌，年纪大点儿了，也存了点儿钱，就回天桥买了个小三合院，找了两三个寡妇，开了四等窑子，也挣不了什么钱。结果她儿子得痨病死了，她愣逼着有点儿姿色的儿媳妇也上"跳板儿"——也在她的窑子里卖淫。那儿媳妇秉承她死鬼男人"顺者为孝"的精神，每天晚上也乐于去干倚门的生意。

在她男人没死的时候，李大刀就经常和她深入地"交流"。白老鸨子看在眼里，一方面碍于邻里之谊，另一方面，李大刀的一堆徒弟没事就给她的窑子助助威、照顾照顾生意，所以也就睁一只眼闭一只眼；有时候睁着的那只眼，还得帮着李大刀盯着点儿自己的儿子。

这回儿子一死，媳妇一上道儿，李大刀再去找她，白老鸨子有话说了："我说李爷，以前的事咱们街里街坊的我就不说什么了，可现在，我儿媳妇已经干上这一行了，一行有一行的规矩，再不给钱可就不成了。同行们笑话，祖师爷也不干呐！"

李大刀当然不乐意："我跟你儿媳妇是真心的，你儿媳妇干了妓女，你就要拆散我们吗？"

白老鸨子一翻白眼："你一个撂地卖艺的，看那么多文明戏干吗？这都哪的事呀！"

李大刀在街面上有点儿影响，每天卖艺还有七八个徒弟跟着，能干不过一个老鸨子吗？

还真就干不过！

一则，江湖上有点儿名望的李大刀，带着徒弟上妓院——还是最下层的四等妓院——去闹事，好说不好听，失了威风，堕了令名。再者，人家拿捐上税的妓女跟你要钱，受官家保护，要是真打起来，外五区那帮吃人饭不拉人屎的孙子们还不一定向着谁呢。

这时正是北洋政府开展"市面大清理,爱国搞卫生"的时候,北京当时还是首都。人家拿着这个公文压下来,两边一压,到时候白老鸹子带着儿媳妇一改暗娼,挣得还多了;你李大刀要是被禁止在天桥卖艺,就得饿死!

所以李大刀怎么着都不合适,每天晚上一想起白老鸹子的儿媳妇,就气得——当然还有其他情绪——睡不着觉。

这么个大事,让聂黑子这个臭要饭的给帮着解决了。

自从聂黑子从李大刀的徒弟嘴里听说这个事后,白老鸹子家门上,每天早上必要被抹上一堆臭屎,隔三岔五夜里还被扔进院里几块砖头,有一回夜里三点,半挂点着的鞭炮直接被扔院子里了——那是聂黑子在一个新开业的买卖家门口顺的。

白老鸹子安排人在夜里等着,一有动静,马上开门追出去,结果人家根本就不跑。一个臭要饭的,你能把我怎么着?你敢骂我,我就抹你一身屎;你敢打我,明儿我就在你们家门口上吊,给你添个肉门帘!

白老鸹子报警,无论在警局里白老鸹子怎么磨屁股,警察根本不来。

可是因为这么个事,让白老鸹子给警察多少多少的"孝敬",白老鸹子也觉得犯不上。让警察白来玩儿几回?一则自己这地方太差,拿不出手;二则这话也不敢在警局里说;三则人家就算来的话本来也不花钱。磨到最后,警察说,你就算把他抓住送来我们都管不了,堂堂中华民国北京市的

011

警察局派出所，管理治安、搜查乱党还干不过来呢，能管要饭的往窑子门上抹屎这种事吗？——人家说得多有道理！

不但这样，聂黑子走街串巷的时候，使的活又多了一段，还特招人听：

叫各位，听明白，
缺德老鸨本姓白。
白老鸨，叫椿香，
生个儿子是赖秧。
她的儿子不争气，
娶个媳妇真美丽。
也爱财，也爱玩儿，
天天晚上让她爷们造小孩儿。
一日两，两日三，
她的爷们上了西天。
白老鸨子真个别，
她让儿媳妇把客接。
东洋客，西洋客，
世界各国上她家里全摆阔。
……

您说白老鸨子受得了吗？

白老鸨子明白这是因为李大刀的事之后，托人找李大刀拉和儿。李大刀当然不承认："我堂堂大老爷们，能给你使这个坏吗？"

虽然这些事不是李大刀安排的，但李大刀真出了气了。后来，白老鸹子的儿媳妇跟嫖客跑了，她家里也渐渐安生了。这边，聂黑子跟李大刀也说得上话了，能算是半个朋友。

李大刀在天桥的场子，地点不错，也够大，中间有耍大刀、练武术的地方，周围还能摆上十几条板凳——板凳也是有主儿的，有人专门租板凳。艺人们卖艺，除了要交地钱，还得租板凳。当然长租的比短租的好，这些板凳就不动地方了，每天练完，堆到一处，拿铁链子一锁。

聂黑子交上了李大刀这个朋友，每天中午，他就先来李大刀的地上，扫扫地，泼泼水，上后边的店里——地主屋里——拿钥匙出来把铁链子打开，再把板凳整齐地摆放好，好歹擦抹一下。这样，李大刀这块"地"就准备好了。李大刀他们什么时候来，什么时候就能开练——这时候距他们来还有一个小时左右。

聂黑子就在这个时候，在这块好地上，招徕一点儿观众，唱一会儿数来宝，要一点儿小钱。

这就叫"沾光"。聂黑子不用花钱租地，租板凳，就能在这演一会儿。

当然，大中午的，没什么人，也挣不着什么钱，但有一点儿就比没一点儿强，要不这俩肩膀扛一个脑袋，上哪待着去？上哪待着不也饿么？

过一会儿，李大刀他们到了，聂黑子赶紧"推买卖"，就是停止卖艺，帮着李大刀他们再收拾收拾，吆喝吆喝。说不

013

定小徒弟下场练的时候没什么人看,聂黑子也站脚助威,叫两声好,帮帮人气。小徒弟练完再帮着敛敛钱,他的义务就尽完了,再去走街串胡同,唱买卖家兼唱白老鸹子去。

等到下午四五点钟,他走胡同也累了,就又回到天桥。这时候李大刀他们也刚练完最后一趟,要完了钱,准备回去了,逛天桥的游客们看到太阳西下,也准备往家走或者找饭辙去了,聂黑子再来赔赔笑脸,帮着李大刀的徒弟们收收刀矛器械,收收长凳——剩个两三条还在那摆着。李大刀带着徒弟们就回家喂脑袋去了,聂黑子再沾回光,招呼招呼要往家走的游客们,再唱几段,要几回钱。

等天黑了,看不清什么了,聂黑子就把板凳都收到一处,用铁链子锁好,把场子打扫干净,把钥匙交回地主屋里,拿着挣的几个钱买棒子面回家蒸窝头去——他也得喂脑袋呀。

这一天够累的,但是,不容易!一个唱数来宝要饭的,愣能在天桥有块地——虽说是沾光的,愣能在这卖艺——还真有人听,还真能要下钱来。在要饭的里边,他算头一位了。

最早,聂黑子唱数来宝,就是拿两块小竹板打个节奏。后来他发现有人打着牛胯骨唱,两手一手一个"大棒槌",前边一块大三棱子的骨头,挺显眼,也挺新鲜。有人围着看他们,不为听数来宝,就为看看打这玩意儿。聂黑子早晨上牛羊市上,要来了两块牛骨,在天桥东边的脏水里洗洗,又找地方打了几个眼儿,拿铁丝串上了几个红绒球,于是,一对很是精美的要饭家伙就做得了。

这对家伙做得的第一天,聂黑子就比平时要的钱多。虽然它沉点儿，也不好拿，但是你多付出了，观众看着也就觉得你值得多。用现在的话说，这叫"对艺术负责"，不能怕麻烦。那个时代，聂黑子就无师自通地懂了这个道理。

他平时吃窝头都是就着咸菜疙瘩，咸得发苦，但是下饭。那天，他愣有钱给卖豆汁的一个小子儿，换了一小堆带点儿辣味还带点儿甜味的小咸菜丝。

"嘿！"他一边配着窝头吃一边赞叹，"无怪乎人家说这是西太后吃过的玩意儿，就是细腻！"

用了这牛骨之后，他还真挣得比以前多了一点儿，他管这牛骨叫金钱板，一打就来钱。

再后来，他觉得，卖艺是条正路，走街永无出头之日，他就又开始琢磨卖艺的事了。

他不知从哪找来一件夠脏夠脏的孝袍子，穿在身上，系个孝带子，戴着孝帽子，还拿着个幡儿。把两块牛骨的尾部系上根绳子，走道或者招人的时候，就用绳子把牛骨挂在胸口，拿幡儿招呼人。观众"圆"上了，他就把幡往地上一放，拿起牛骨来，说上两句江湖话，就开始唱。

谁逛市场看见地上跪着一个孝子，都要过来看看热闹；再一瞧，这孝子还拿着两个那个玩意儿，这是干什么的？把人就吸引住了。听过两句，明白了，敢情是卖艺的，唱数来宝的。嘿，真有他的！就能站定了看一会儿。

他再拿自己找找乐，用哭丧的腔调冲跟他搭话的游客喊："爸爸吔！"那位也识逗，冲他来一句："孙子唉，我是你爷爷。"大家一乐，人就围得更多了。

015

那个时候，人没见识，有点儿什么都觉得可乐。

也有人看不顺眼，出门碰见个孝子，多丧气啊！聂黑子一见这样的，马上来个紧跟，一边跟一边哭："爸爸吔！"周围人都乐了，这位觉得尴尬，又觉得丧气，赶紧扔给他几个子儿算完事。

卖艺嘛，讲究脸面还行！

可这算什么艺呢？

后来无冬历夏，他都在天桥卖艺了。真正在天桥能"站住"的唱数来宝的，他可算头一位——虽然他是跟别人的"地上"沾光吧。

唱数来宝的收徒弟，他也是头一位。他这样的，居然也有徒弟，有的人笑话，有的人讽刺，也有人赞叹。

他这个小徒弟叫狗不剩，才十四岁，就一个寡妇妈跟着过活。他妈久病，靠缝穷把他养活起来，现在落了炕了，就得让他养着了。这孩子倒是不矮，但是身体单薄得像根豆芽菜，去"人市"上找活都找不着——哪个找干活的拉根儿豆芽菜回去呀？他脑子好像也不太清楚，大字不识，说话也慢。去买卖家当学徒也没人要——也没人作保啊，你偷人家怎么办？

于是，他天天在天桥溜达，也要走上要饭吃的这条路，也不知道怎么跟聂黑子说到一块了。聂黑子正在"创业"的上升期，需要人手，拍着胸脯跟他保证："拜我为师，准让你妈能天天吃上窝头！"

从此以后，聂黑子再去李大刀地上"沾光"的时候，就带着这么个半大小子的徒弟了。扫地、搬凳子，他都能干，干得慢了,聂黑子还能呲儿他两句,真像个师父——虽然他本质上还是个要饭的。

聂黑子再去走街串胡同的时候,身边也跟上了这个小伙计。要饭的带伙计,这在南城的胡同里又成了一个不大不小的奇闻。而且这个要饭的,身穿一身重孝,往买卖铺户门口一站,多丧气!可他手里还举着一对拴着红绒球的牛胯骨,高高兴兴地唱:"站在福地用目瞅,老板的买卖直流油……"旁边还有一个穷得穿布条的半大小子,替他打着幡儿,替他把掌柜的不情愿地拿过来的钱接下来,还得听他的指使:"谢谢大掌柜的,给大掌柜的磕头。"

狗不剩拜聂黑子为师,每天走的道不少,干的活也不少,窝头还真吃上了,每天还能给他妈带回去俩。

他不知道以后怎么办,他就没想过以后——还是个孩子,懂得什么人生大道理!

李大刀对聂黑子都有点儿肃然起敬了,对他也不再吆来喝去——毕竟是个有徒弟的人了。而且,别看是要饭的,收徒弟一点儿不马虎,还特地请自己去喝了两碗豆汁,吃了些他所谓的"皇上才吃得上"的带点儿甜味又有一丝丝辣的小咸菜丝。"既然是收徒弟,就得有同行见证!"这是聂黑子说的。虽然李大刀也不太明白,自己这个练武术的怎么就跟唱数来宝的同了行?

半年过去了,狗不剩又长高了一点儿,这倒不是聂黑子的窝头有营养,他就是在长身体的年纪嘛。但他还是那么瘦,头脑也依然不太灵光。

现在,狗不剩对扫地、摆凳子、敛钱,以及给大家磕响头这些"师门秘传"都烂熟于心了,但是说到唱数来宝,还是只会一段《五猪救母》。而且唱前边忘后边,根本唱不下来整段。

倒也不赖孩子。这段是聂黑子听说相声的唱的"太平歌词",老听,就记住了故事的梗概和一些唱词,晚上没事了,就念给狗不剩听,让他一天背几句。问题是聂黑子自己都是随唱随想的,今天教的和昨天教的就不一样,狗不剩就背了个乱七八糟。至于故事情节,人物性格,乃至人心教化就更谈不上,聂黑子自己懂不懂这个故事都还两说着呢。

倒是有一点好处,打板他倒是会了,聂黑子把自己过去用的两个小竹板传给了他。他"啪啪"打得挺响,也有板——这也没什么难的呀。每次唱忘了,他就脸涨得通红,"啪啪啪"地狠打竹板。

在地上的时候,刚开始没什么观众,或者聂黑子唱累了的时候,就让他唱上一段。狗不剩就跪在地上,打着竹板,唱这段《五猪救母》。聂黑子就在旁边跟人念叨:"这孩子,苦啊!有点儿傻,他妈快死啦。您就当听小狗叫唤了,随便赏他几个,他能回家养着他妈。"

偶尔他没忘词,还真有人叫个好,扔几个子儿。不是听得明白,而是看他"啪啪啪"打竹板打得真卖力气。

当然,忘词的时候是大多数,还真有人起哄。要我说狗不剩还得谢谢这位,这位起哄,说明这位真在听呢。

这时候聂黑子就拿出师父的做派,过来给狗不剩一个大嘴巴:"你他妈这么不用功,你他妈对得起你妈吗!"然后又是老一套:"这几位爷,这孩子是个傻子,他妈病重,要不我也不能带他出来丢人现眼。没别的，您跟可怜小猫小狗似的，您赏他几个子儿吧。"

要是有土包跟聂黑子开玩笑："你凭什么管他，你跟他妈吊膀子吧？"他准使上孝袍子的功效来，往这位眼前一跪："爸爸哎……"然后假装涕泪横流，招得周围人哈哈大笑，扔下几个子儿来。

总之吧，虽然每天聂黑子管狗不剩和他妈的窝头，但狗不剩给他干的活、挣的钱，还是比这几个窝头钱值得多。

到了冬天，情况有了变化。北京的冬天太冷，滴水成冰，聂黑子得把家里能裹的布都裹在身上，再围上几层戏园子门口水牌子上撕下来的厚厚的戏报子，再把孝袍子穿上，才不至于冻得手脚发麻。狗不剩就更难了，穿着他妈的破棉袄，连补丁都磨破了两层，也多围几层戏报子，好歹冻不死。他妈在家，不知道冻成什么样。但有一点好处，每天晚上回家的时候，他们屋里冰凉，气味也就淡点儿——从他妈落炕，就只能等每天狗不剩回去再收拾拉尿在床上的大小便。

狗不剩的手冻成了十根通红的胡萝卜，还得帮着聂黑子扫地、擦凳子、打幡儿。平心而论，聂黑子自己也干，但有徒弟使唤，总是能舒服点儿。

难就难在，狗不剩长大了半岁，天气又这么冷，两个冻得梆梆硬的窝头已经堵不上他的嘴了，何况他妈的情况也是一天不如一天。

收这么个徒弟，不就为干些活，说说话，谁想到还得管他吃饭吃到饱呢？尤其是这年月。这世道，真是没理可讲！

人也是的，这么冷的天，都出来上天桥逛逛，花点儿钱，帮帮穷人，是多么积德的事呀！怎么都窝在家里不出来呢？

这一天，太阳倒是出来了，大中午的，太阳却是斜斜地挂在天上。聂黑子带着狗不剩来到了李大刀的地上，看见李大刀跟他的师弟张铁山，坐在场子后边台阶上聊天。

这个张铁山天天在天桥转悠，他却不是摆地的，是在天桥桥头招兵的。他在天桥，经常见没出路的人漫无目的地走，他就过去，笑眯眯地说："没辙了吧兄弟？还是当兵吃粮吧，是条出路！"

这个年月，张大帅打王大帅，李大帅打赵大帅，也不知道他是给哪个大帅招的兵，反正经他手招走的人不少，但是大部分走了就再也没回来过。

所以聂黑子看见他总是觉得别扭。

李大刀先说话了："我们就是先出来聊聊天，妈的这天儿，在屋里比在外边还冷，好在这有太阳。你先干，不碍事的，我们还是两点。"

张铁山看出聂黑子的想法，嘿嘿一乐："你甭害怕，招兵也不招你这样的，老棺材瓢子，还冒充孝子。"

其实聂黑子并不老，但他很乐于听张铁山这么聊天。他赶紧过去，给两位打了招呼，让狗不剩也给"大大爷""二大爷"行了礼。然后聂黑子支使着狗不剩扫扫地，拿钥匙打开铁链子，摆摆凳子，自己坐过来跟李、张二人聊闲天。

他一过来，那二位倒没什么聊的了。李大刀看着干活摆凳子的狗不剩和空荡荡的场子，自言自语地念叨："哪他妈有人啊！"

张铁山接了一句："确实，人都不出来了，李大帅的兵源又缺乏了。招不上兵来，我这也挣不着钱啊。"

聂黑子惜命，不放心又问了一句："招兵都招多大岁数的？"

张铁山看了他一眼："够十七就得，上到多大，上边没说，但是你这样的，你自卖自身上赶着去，都得给你轰回来。"

聂黑子满意地"是是是"了几句，又问了一声："这些兵都打仗去了？"问完他自己就后悔了，当兵嘛，不打仗当什么兵？

张铁山有意无意地答："也不见得，现在当兵也就是充个阵势。比如，张大帅有五万兵，李大帅又招了十万兵，这仗还打吗？不打了！就是站脚助威。"

聂黑子一瞧张铁山还真搭理自己，就又问了一句："那到了战场上，大炮一放，还是怕人呀。"

张铁山说："嗨，那大炮都是吓唬人的。你有大炮，人家对面没大炮？大炮一放，谁不是一死一片？你放，人家不放？谁能看着自己的兵这么死？所以战场上那些大炮，都是吓唬人的，吓唬对方，给自己壮胆。放炮的时候，兵都在战壕里，不放炮了，兵才出来冲锋呢。"

聂黑子说："那当兵也是把脑袋拴在裤腰带上，不定到哪就抡丢了。"

张铁山说："还挣钱呢！当兵不见得准死，可老这么下去，人就都饿死了。"

李大刀问："当兵给多少钱？"

张铁山说："别的甭说，到桥头上，说一声就算数，连手印都不用按，先给二十个大洋。然后，跟着他们去后边胡同一个屋里剃头，当兵都剃光头，这个头一剃，就算入了伍了。就这么方便。"

聂黑子问："二十块大洋？"

张铁山说："对，都是你的。这叫安家费。以后还按月关饷呢。"

聂黑子琢磨了一下，说："我可听说，有去领了大洋，回头跑了的。"

李大刀接着他的话说："对，还有的跑出经验来了，过仨月半年又来参军了，拿天桥桥头的招募处当了银行了，没钱了就来取点儿。"说着说着，他被自己的"包袱"逗笑了。

聂黑子跟着笑了几声，眼可是一刻也没离开张铁山的身上。张铁山也笑了，说道："对，有这路人，这叫老兵油子。还有半路开小差，连枪都带回来的。"

李大刀问："那枪也能带回来？"

张铁山说："这人只要有胆、不怕死，什么都能往回带。可是都当逃兵，大帅们怎么带兵打仗？你们看见一两个跑了的，那死的多了，你们见着了么？原来是部队一开拔，就有人跳火车当逃兵，现在没人敢了。为什么？行刑队都准备着呢，有一个兵跳火车，能拿机关枪突突。过去上了火车还能跑，现在可不行，只要你到胡同里一剃头，就算交待了。不听命令，敢出门就算逃兵！"

李大刀想起了什么，补上一句："赶上'大令'过来，在前边茶馆里还砍过逃兵呢。"

张铁山说："那还是从战场上跑下来的，还带着枪，一路上抢了多少人，玩儿了多少娘们儿，最后把枪卖了，想窝到北京城，结果现到这了。"

聂黑子没说话，也可能他根本就没听见"现"这个字，光咀嚼"一路上抢了多少人，玩儿了多少娘们儿"这句话的丰富内涵了。

这个时候狗不剩已经把场子打开了。北京人好热闹，虽然一共也没几个游人，一看这个场子开了，还真有两三位往这边凑。狗不剩过来请示："师父，开吗？"聂黑子说："开！磨转就有面，你先唱一个。"

狗不剩答应了一声，没动地方。聂黑子说："去啊！"狗不剩嚅嗫道："师父，我站着唱行吗？这地面太冷了。"

聂黑子骂道："站着唱？站着唱谁可怜你，都能跟人家肩膀齐了，人家能给你钱吗？你得记住，你是要饭的！"

狗不剩不再说话，直眉瞪眼地走到场子中间，单腿往那一跪，就开始打板。"啪啪啪"，那板打得一嘟噜一块的，都听不出节奏来。也难怪，这孩子手上冻得全是口子。他脸上也有口子，面目很僵，好像拿手一拨拉耳朵就能掉下来，光看这张脸，你看不出他才十四岁。

小声唱是不行的，师父会过来就是一脚。但是大声唱，那冷风随着气儿灌进他的五脏，好像他一下就能数出自己有多少根血管。没办法，他就努着劲儿，大声地吼了出来：

何州府代管何家县，

何家县代管何家营。

何家营有一个何员外，

每日宰杀做经营。

你买他一斤多给四两，
你买他二斤多给一斤有余零。
因此上把雪花白银赔个干净，
就落下厚道诚实一点好名。
……

唱着唱着，嘴就瓢了，一着急，嘴又疼，词也忘了，紧着打板，手也不听使唤了。总而言之，在这一片冰天雪地，他这场受了灾的表演彻底砸了。

但是没人笑话他，因为根本没人看。刚围上来那两三个人，听他唱了两句就走了，谁听这个呀！只有周围的板凳，远远近近地冷冷看着他，跪在那里，"啪啪"地打着板，嘴里不知道嚷着什么。

要是平时，聂黑子早过去踹他了，今天没有，因为他让狗不剩自己去干的时候就知道准是这么个结果。出点儿声，让游人知道这有卖艺的，就成了，这边聊两句之后自己再过去，就能好歹要下点儿来。

李大刀撇着嘴摇摇头："这孩子不成啊。"

张铁山跟着说道："连句人情话都不会说，过去跪下就唱，人家凭什么给你钱？"张铁山原来也在地上混过，怎么卖艺、怎么要钱瞒不了他。

聂黑子看着跪在那里着急的傻卖力气的狗不剩，恨铁不成钢地说："傻东西一个，还死拧，要不是跟着我，连他妈都得饿死！"

李大刀知道狗不剩的情况，说："倒是怪可怜的。也赖你，保守，不传他真东西。"

聂黑子都气乐了，张铁山跟李大刀也乐了，这算讽刺到家了。聂黑子说："我他妈一个臭要饭的有什么真东西？我保守个屁。"

李大刀说："你要也给他弄身孝袍子，打一幡儿，你们一个孝子一个贤孙，看着多可乐，肯定挣钱。"

聂黑子恨恨地说："要不说这小子死爷哭妈拧丧种呢，他就死活不穿这孝袍子。"

李大刀很是不解："为什么呀？"

聂黑子说："他说他妈要死了，不想这么丧气。他妈还没死呢，要是穿这个回去，让街坊看见，就以为他妈死了；他妈要看见，他妈也得气死。你说这不是混蛋吗！饭都吃不上，还他妈矫情这个！"

张铁山看着狗不剩，忽然问："那你带他干吗？你是唱数来宝的，又不是开救济的。"

聂黑子叹道："我也没辙，有这么个人帮忙，总比一个人混强。他也不吃亏，跟我干，总比去卖苦力强点儿，上午不用出来，还能伺候伺候他妈。"

张铁山问："他妈什么病？"

聂黑子随口对付："那谁知道，反正快死了。"

张铁山又问："他就没别的亲戚？"

聂黑子说："没有，没人管。"

张铁山问："这孩子够十七了么？"

聂黑子还真说不上来："十四……大概快十五了吧。"

张铁山看着聂黑子，表情很古怪，说："哦，都十八啦，还真看不出来。"

聂黑子说："没有，我说十五。"

张铁山盯着聂黑子，话里有话地说："怎么也够十七了。"

聂黑子听明白了张铁山的意思，赶紧说："这可不行，好歹是我徒弟，我不能干那……"他看着张铁山冷得比地面还硬的脸，硬生生地把"缺德事"三个字咽了回去。

李大刀站起来，拉着张铁山，说："走，二弟，咱们转转去。"回头冲聂黑子说："你先干着，待会儿我徒弟们来了，我就回来。"

聂黑子赶紧也站起来，说："是是是，我给您看着地，绝不让这地凉喽。"

李大刀和张铁山走了，张铁山临走，回头对聂黑子意味深长地说："二十块大洋啊！"

聂黑子深鞠一躬："我没那福气。"

旁边，狗不剩还用尽全力，冲板凳唱着：

何爷闻听说我知道，
回手抄起捆猪的绳。
翻身跳在猪圈内，
绑上了大母猪就要下绝情。
在一旁吓坏了哪一个，
吓坏五个小畜生。
大猪二猪三猪四猪还有猪老五，
个个都是老母猪所生。
……

中午的"沾光"结束了,一共也没要上几个窝头钱。聂黑子自己上场,努出血来,所得比狗不剩也多不了多少。过了一会儿,李大刀和他的徒弟们回来了,张铁山却不知道去何处了。聂黑子把场子交给李大刀,带着狗不剩又去串胡同。

年景不好的时候,干什么都不行!串这一下午胡同,聂黑子也没要着多少钱。买卖铺户里边都没人,他们卖不出钱来,哪有心情打发要饭的?有几家买卖干脆就没开门,也不知道是怎么个意思。

聂黑子心沉似水,狗不剩也魂不守舍,一会儿把幡儿掉地上了,一会儿没跟住聂黑子走了错路,气得聂黑子狠狠打了他几巴掌,他都不说话。聂黑子问他:"你怎么了到底?"

狗不剩半天吐出一句话来:"今天我出来的时候,我妈不好。"

聂黑子看了他一会儿,一句话也没说,转身就走,狗不剩也没什么话,闭着嘴跟在他后边。

西北风刮得更狠了。

傍晚,聂黑子带着狗不剩回到了天桥,看得出李大刀他们也收入不高,围的人稀稀拉拉的,李大刀亲自下场,连练带说有四十分钟,扔钱的人还是寥寥无几。李大刀要了三次钱,见实在要不出来了,这才罢了手,叫徒弟们收摊。他跟聂黑子也没什么话,点了个头,就带着徒弟走了。

难干,该干还是得干,要不吃什么去!

聂黑子打了一套花板,先用这一身孝袍子招了几个观众过来，说了半天人情话，唱了一大段。这几个观众看来也都是没家可回，或者是住鸡毛小店的底层人民，有凳子都不坐，抱着肩儿看着，那意思是，我给不出钱来。可想而知，聂黑子的"艺术"打动不了他们。

天都快黑了，空气越发地冷，聂黑子觉得今天挣得太少，实在舍不得回家，让狗不剩再去唱一段，自己喘口气，准备再卖一回力气。

狗不剩的心明显不在此处，但是师父让他唱，他就得唱。于是，还是这段《五猪救母》，还是"啪啪啪"地打板，还是连嚷嚷带忘。

聂黑子忽然看见一位文化人打扮的游客，居然过来了，还坐在了板凳上！还挺专心地看狗不剩唱！看打扮，估计不是南城报馆的来找新闻，就是北城的大学生来看个新鲜。这路念书人有钱，而且心软，关键是大概没见识过江湖中人要钱的手段。

聂黑子把全部希望都放在了他身上，心里已经盘算好了：只要他再听上三五句，我就过去狠揍狗不剩一回，骂他不听话、不用功，唱不出彩。我这一身孝袍子，打这么一个破衣不遮体、手脚都冻坏了的大孩子，天又这么冷，他再一哭，我也跟着哭，再说点儿两天都没吃饭之类的话，引出他的怜悯之心……干好了，能要他十大枚！

正在聂黑子要上前的时候，旁边忽然跑过一个孩子来。他穿得不比狗不剩好多少，岁数可比狗不剩小多了，一路喊着"狗不剩"跑进了场子。天桥这路小野崽子太多，但一般都挨过打，不往场子里钻。

聂黑子刚要过去把他轰走,见他居然拉着狗不剩要起来,狗不剩嘴里还唱着《五猪救母》,一边反抗,一边眉眼乱动地向那孩子做眼神,那意思是,我这卖艺挣钱呢,别跟我闹!

聂黑子分明听见那个小崽子的嘴里清清楚楚地吐出了这几个字:"快回家,你妈死啦!"

聂黑子分明看见狗不剩立刻傻在那里,目瞪口呆,不知所措。

聂黑子分明觉察到那个文化人的怜悯心从他的表情中哗啦哗啦地往外流。

聂黑子马上过去,把那个孩子和狗不剩分开,推远,一边按着狗不剩的头,一边喊:"唱,唱,不许停,各位先生听你的玩意儿,听好了给钱!"

狗不剩听从师父的话,已经成了习惯,他在巨大的惊吓和悲哀之下,下意识地木然打着板,嘴里唱道:

何爷闻听,落下了伤心的泪,
不由得心中辗转暗叮咛。
这五个披毛带掌的畜生懂得行孝,
我娘养我一场空!

唱到这一句,狗不剩忽然放声大哭,几乎是吼道:"我娘养我一场空!"

聂黑子跟着往地上一跪,冲众人——当然主要是冲那位文化人打扮的人说:"各位爷,您多积德多修好吧,这孩子他妈死啦!"接着,聂黑子也大哭起来,这个时候要是不哭,真对不起自己这件孝袍子。

旁边有人不爱看这个,住鸡毛小店的主儿,谁不知道天桥艺人要钱的这点儿手段呢?扔下一句"去他妈的吧",转回身走了。

你走你的,活该,你准不是我的财神爷!聂黑子一边号丧一边暗想。他拿眼瞄着那位文化人——嘿,有门儿!那位也抹眼角呢!

那个文化人打扮的人,真的从包里拿出了一块现洋,过来递给狗不剩。

什么,一块现洋?

什么,还不是扔场子里头的,是递过来的?

聂黑子赶过来就接到了手里。"哎哟哎哟,这怎么话说的。过来,谢谢人家。"他把已经哭得没劲儿的狗不剩拉过来,"给恩人磕头。"

狗不剩什么也不知道,只知道磕头,两下就把头磕出血来了。

这位文化人站起来,长叹一声,说了一句什么"哀民生之多艰"的鬼话,转身走了。

聂黑子用哭声把那位的身影送远,才回头看着狗不剩,心说,说的什么我也听不懂,你要真有善心,再给一块多好。

聂黑子把形单影只的狗不剩拉起来——那报信的街坊小孩早跑了——叹了口气对他说:"你也别哭了,你妈这个病,你心里也早有个准备。我跟你回去收拾收拾,找个干净点儿的草帘子把你妈裹上,找人抬出去埋了吧。"

狗不剩擦擦眼泪，跟聂黑子说："我要给我妈买棺材。"

聂黑子听见这几个字，有点儿五雷轰顶，他假装没听清，问："你说什么？"

狗不剩说："我要给我妈买棺材。"

买棺材！

聂黑子心说，这孩子真不知道天高地厚，就算买个几块薄板钉的"狗碰头"的棺材，也得花不少钱。死了死了，一了百了，你还给她买棺材？她有这装棺材的命吗！

但是表面上，还得安慰着点儿他，没办法，谁让他妈死了呢！这年头，死了妈的都有理。

聂黑子拍着狗不剩的肩膀，尽量用和缓的、安慰的语气说："这是你的孝心，孝心到了，你妈就知道了。她奔极乐世界去，就不惦着你了。怎么都是入土为安，你哪有钱买棺材？心到了就得了。"

狗不剩木呆呆地说："人家刚给了一块大洋。"

一块大洋！

聂黑子立刻就要急，但是看在他刚死了妈的份上，语气还是尽量地平和："有钱也不能乱花，要是后几天买卖都不好呢，这就够咱们吃一阵的了，一块大洋！"

狗不剩摇摇头："我要给我妈买棺材。"

这个拧种！

聂黑子又把气往下压了压，说："要是真买了棺材，就算买'狗碰头'，也得花不少钱，别的不说，雇人搭出去，还得多花点儿钱呢。花钱的地方多了，你都没吃过饱饭，要什么棺材！"

狗不剩瞪着聂黑子："人家刚给了一块大洋！"

聂黑子再也压不住火了，声儿也大了起来。虽然是在天桥地上，大庭广众，那他也不怕，我这训徒弟呢！"人家刚给那钱，是给我的！不是给你的！你是我徒弟，你挣的钱都归我，这是规矩。就算三年头上你出师了，你还得给我白干一年！人家刚给一块大洋，跟你有什么关系！"

狗不剩这回听明白了，师父不准备把这钱给他！他再傻，再老实，也急了："那是人家给我的钱！因为我妈死了，人家才给的钱，我要给我妈买棺材！"

聂黑子这才明白，跟这脑子发木的半大孩子讲不通道理。当众训徒弟不丢人，当众被徒弟训可丢人，何况，这里还有一块大洋的事呢！

聂黑子一咬牙："得了，你别嚷嚷，你对，你有理，谁让你死了妈呢！我听你的，啊，你别急，给你妈买棺材！咱待会儿回去就上棺材铺，挑个款式点儿的，啊，别哭了。"

狗不剩点点头，咧着嘴还要哭，自己强忍住，用全是冻口子的脏手抹去眼泪。

聂黑子一抱他肩膀，拍拍，表示当师父的安慰他，用低低的语音特别真诚地说道："家里死了人，是大事，不能失了礼。我先带你去剃个头，咱们得干干净净、利利索索地送你妈一程。"

狗不剩点了点头，师徒二人向着天桥的桥头走去。

二道坛门

霍青松

耳朵先生

卖硬面饽饽的小贩

两位警察

半夜了，弹弦子的霍青松刚下园子，抱着弦子往二道坛门走。此时风雪交加，周围的矮房棚屋几乎没有点灯的，四下漆黑，大有伸手不见五指之意，仗着地上的雪不知道反射着什么微光，有点儿黑中透灰。

　　前边，一个巨大的黑影俯冲下来，那是那座破烂不堪的四面钟，四面的大表都被人拆走了，露着四个黑洞洞的窟窿，即使白天看上去也很让人心里发瘆。黑夜里，倒是看不见那没眼珠似的大窟窿了，可是整个的大黑影更让人不自觉地联想起不好的东西。

　　脚下的泥土被冻得梆硬，原先这是水心亭商场，颇有点儿院柳池花，自己年轻点儿的时候，还在这傍着沈美娜干过半年。虽然每天看玩意儿的人不多，但是来的人都是讲礼讲面的，还有念书的也来看，图个清静，看个野景，给的钱也不少……不想了，自从沈美娜嫁人当姨太太，不到半年就吃烟膏死了。那会儿能挣钱能花钱的那个劲头儿，怎么就没了呢？

　　也不是自己没角可傍的原因，一个弹弦的，现在每天能上杂耍园子干早晚两场，到什么时候也不应该吃不上饭呀。

　　年头，这就是年头的问题！

　　头好几年，水心亭已经入不敷出停了业了，水池也拿垃圾填上了，种的花草也死了，又变了一茬荒地。还不如旁边那几棵拧着劲儿转着圈往天上长的古柏树招人爱看。

　　先农坛外坛的老柏这些年已经让人砍得差不多了，好几百年的树，说砍就砍了，没人心疼。人死了都没人心疼，还心疼什么柏树!

霍青松摸着黑,深一脚浅一脚地往东南走。眼前又花又黑,看不见先农坛内坛的墙,但霍青松知道,离自己的终点已经不远了。

就在坛墙的北边不远,二道坛门往西,有一棵歪脖子槐树,树干向西歪,离地不高,大个子伸手就能够着。

那是一个著名的地方,天桥的人,活不下去了,就来这里给自己找个解脱。

霍青松住家在永安路往西,他下了园子没回家,直接往南来,就是奔那棵树去的。

霍青松踩着雪,嘿,咯吱咯吱的,还挺好听。他想,这些年,自己傍了不少唱手,唱了不少悲欢离合的段子,唱过诸葛亮归天、罗成归天、刘备归天、张三郎归天、李慧娘归天,也真见过不少死人——天桥这里死个人是常有的事,怎么就没想过自己有一天死的时候,是什么状态呢?

要是让那些写活的编一段《霍青松归天》,能编出什么词来呢?

霍青松想着想着,都要笑出声来了。

脚下的雪,咯吱咯吱的,真好听。

哪儿传来的小孩子唱儿歌?唱得声音还挺大。真好听,小孩只要离你远点儿,都挺可人的。可别让他们离你近了,一个个小狼似的,又脏又淘,狗都嫌——反正天桥这的孩子都是这样的。

儿歌声越来越大了,真清楚,童声真清亮,真好听!

赶车的，别往东，
东边有个死人坑。
赶车的，别往南，
南边有条死人船。
赶车的，别往西，
西边有张死人皮。
赶车的，别往北，
北边有条死人腿。

小孩就是小孩，什么都能编来唱，毫无顾忌。今儿一个人唱，明儿就是一大群人唱，那脑子一个个的都好着呢。

可唱点儿什么不好，唱这个干吗？

不赖孩子们，天桥这儿的死人就是多啊！尤其一到冬天，不但路上老能看见倒卧，墙角、水沟里、小饭馆屋外的锅墙里边、冻成枯枝的芦苇丛里，哪哪都有可能看见死尸。隔长不短的，这棵歪脖树上挂上个"高吊"，远远就能看见。

天天看见死人，不唱死人唱什么？唱就唱呗，好歹再看见就不害怕了。

唉，这都过了半夜了，哪来的孩子们唱儿歌呀？

霍青松回过神来，再一听，四无人声，只有脚下的雪"咯吱咯吱"响着，还挺好听。

心有所想啊！霍青松长叹一口气，看来今天晚上是非死不可了，没缓儿。

旁边是几个棚屋，里边点着微亮的灯。"大概是耍钱的，"霍青松想，"要不就是抽白面儿的。"因为这里还有点儿光亮的缘故，霍青松又听到一阵凄凄惨惨的吆喝声："硬面——饽饽，硬面——饽饽。"

就着北风，就着飞雪，就着无边的黑暗，这声吆喝传来，真比什么小曲都凄惨。

霍青松忽然觉得，自己在这世上的最后一会儿，要不吃点儿东西，也太对不起自己了。于是，他踩着雪，向着那个卖硬面饽饽的声音走了过去。

硬面饽饽可不算什么好吃食，虽然带点儿甜味吧。不但比不上江南的细点心，就连发面馒头都比它口感好得多。但它有一个好处，吃了扛饿！

而且又好拿好带的，坏不了。所以老北京，尤其是南城这一带，净是卖硬面饽饽到半夜都不回家的。熬夜的人多，就有点儿商业机会。虽然那一兜硬面饽饽都卖了，也挣不了三五个大子儿。

霍青松找到了这个小贩，天黑也看不清他长什么样，也看不清他穿什么，反正是衣不蔽体，到处都露棉花了。

霍青松过去，说了声："哎，来一个。"

这小贩吆喝了半夜，一直在怨命苦，精神很紧张。总算有一个来买的了，不由得精神放松了一下，这一放松，更觉得冷了。

"好您嘞！"他回答道。他的声音很沙哑，但在刚才的

041

黑风暗雪中，却显得很大。

他伸手去篮子里摸，却不马上拿出来，商量着说："您来俩吧，这天，也没有做小买卖的出来了，您待会儿想再买可买不着了。"

霍青松想了想，说："你就给我来一个吧。"

小贩不死心，拿出了一个，给霍青松看看，说："您看看，我这做得多良心，这是多大个儿，您来俩吧。"

霍青松还没说话，忽然听见旁边有声，他扭头一看，有什么东西在动，原来旁边树下还靠着一个人。这人可能在这儿待了一会儿了，身上都是积雪。听见说卖硬面饽饽的，他醒了，扎挣着站起来，紧闭着嘴，盯着那小贩手里的硬面饽饽看。

这饽饽要是有香味，这人可能就疯了，还好这饽饽冻得冰凉梆硬，没什么诱人的味道。连面香都没有，甜味也飘不出来。

霍青松一看，这人瘦得像一条干肉，穿着比那小贩还破的棉袄，补丁全磨破了。外边披着麻袋片。下半身两条腿的黑影转折处很硬，大概是每条腿上拿绳子捆着一卷撕下来的戏报子——这就是个要饭的。

霍青松原本也没那么慈悲，但他一想今天既然已经要死了，那何不做点儿好事，结个鬼缘儿呢？

霍青松接过小贩手里的硬面饽饽，咬了一口。真硬啊！同时，他一指这个要饭的："给他也来一个吧。"

小贩好心劝说道："大爷，这年月，这样的太多，心疼不过来。"

人家这是好话，霍青松也懒得跟他多说，假装一瞪眼，说："用你管？给他！"

小贩当然乐意，这是什么天气？多卖一个是一个。这位还真是好人，给自己多买一个都舍不得，给要饭的施舍倒不心疼。

小贩又拿了一个给要饭的。要饭的接过来，二话不说，恶狠狠地把它吃下去了。这么冷，这么硬，在他嘴里却好像大酱肘子一样！

霍青松看着这要饭的吃完，心里都觉得可乐：他要知道一个要死的人给了他这么一顿，他得怎么想？

要饭的吃完一个，一看，那意思也要不出第二个了。一转身，也不说话，摇摇晃晃地往东南方走去。霍青松虽然已经看开生死了，还是有点儿不痛快——你哪怕来句谢谢呢！

小贩说："您看好人不能当吧？落不了一句好。"

霍青松说："唉，对得起自己的心就成了，有饭送与痴人。"

小贩说："可怜之人必有可恨之处。这路白面儿鬼，死了臭块地，多吃一个硬面饽饽，也多活不了两天！"

霍青松一愣："这不是要饭的，这是白面儿鬼？"

小贩说："一看您就不常来这边。我们都认识他，抽白面儿抽得把媳妇都卖了，房子也卖了，实在没辙就偷，什么都偷过，连门口的破脸盆都偷。"

霍青松愣了半天，说："唉，各人有各命吧，可能我命里就得给他一个饽饽吃。"

小贩说："那是您心好。"

霍青松说："也算有您一半功德。"

小贩："您花钱请他吃，有我什么功德？"

霍青松说："您听我说，先别着急。我身上一分钱都没有。我是实在活不下去了，是准备去歪脖槐上吊的。"

小贩实在没想到，这位是替自己舍出去的，无奈地说："唉，你……您吃就算了，那您给他干吗？"

霍青松诚恳地说："所以说有您一半功德。"

小贩不干了："我这可是小本生意，您别跟我开玩笑。"

"您听我说，我不是无赖，我是真要死。我也绝不让您吃亏。您看这个。"霍青松把三弦拿起来，"我是弹弦子的，孩子死了，媳妇也死了，这个世道太欺负人了，同行的……不说了，我是肯定活不了了。我这弦子，是手使的家伙，能值点儿钱。我也舍不得它变成柴火，得了，这个归您了。"

小贩看了霍青松半天："您真要去上吊去？"

霍青松惨然一笑："这我还能胡说吗？"

小贩一咬牙，说："得了，我也不劝您活着。这个年月，谁也不知道什么时候把自己挂到歪脖槐上去。您这弦子，我也不能要。您要真一死，这弦子在我手里，我也说不清。两个硬面饽饽能值几个钱，算了！您一路保重。"

霍青松鞠一大躬："我在阴间也念您的好。"

小贩也鞠一大躬："您把我忘了得了。"

霍青松说："要是不解恨，您打我几下，出出气。"

小贩说："不至于，得了，您走您的吧。我有劲儿啊再卖几个硬面饽饽——我也得活着。"

小贩走了，冷风中传来了他那长长的忽而一顿的吆喝声，仿佛比刚才更凄惨了："硬面——饽饽。"

霍青松握紧了手里的三弦，往南走去。此时雪已住、风未停，月亮有了一点儿光亮，已经能远远看见那棵外形颇有特色的歪脖老槐。

霍青松知道自己人生的终点也快到了，他不由得快走了两步，手中更握紧了三弦——老搭档，我就管不了你了，要是真有好心人舍给我一口薄皮棺材，把你也放进去，咱们就又能在一起了。要不然……唉，我都要死了，我想这个干什么呢？

霍青松走到了树下，那棵树上挂过好多位在这个世界上活不下去的人，它把他们好好地送到了另一个世界去。霍青松抬头看着那截横枝，抬手够了够它。他觉得它也在低下身来让他够得着，它对穷人很亲切，也很仁慈。

霍青松不想再等了，他从身上取出了早就准备好的绳子。刚要往上挂，忽然旁边有人说话："哎哎哎，你要干什么？"

霍青松吓了一跳，顺着声音往旁边一看——原来旁边有棵小树，树旁边萎缩着一个人，正是刚才那个白面儿鬼。

此时有点儿光亮，霍青松仔细看了看他。果然，面黄肌瘦，双眼呆滞无神，是中毒已深的样子。

霍青松见了他，颇有怒其不争之意，不爱跟他多说话；

何况他刚才还让自己临死都对不起个做小买卖的。

做艺的里边,这种白面儿鬼多了。出了名挣了些钱的,抽白面儿不过瘾,还要扎吗啡针,浑身溃烂,瘾死为止。霍青松从来不沾这些东西,他也恨管不住自己的人。

霍青松不理他,又把绳子往树上挂。这个白面儿鬼居然摇摇晃晃走了过来,把他的绳子拽了下来。

霍青松觉得,他大概因自己的"一饽之恩",要劝说自己不要自尽;于是,尽量压着怒火,用好语气说道:"这位兄弟,你不用拦着我,我是非死不可的。"

白面儿鬼说:"我不是拦着你死,我是让你死到旁边去。"

霍青松一愣:"你说什么?"

白面儿鬼说:"得有个先来后到,我先来的,这棵歪脖槐今天归我。"说着话,他也把腰带解了下来,就要去挂。

霍青松:"你先来的,也是因为吃了我给你的硬面饽饽。"

白面儿鬼:"你要是不给我那个硬面饽饽吃,我就直接倒卧了,就不用再自己寻死,受二回罪了。"

霍青松:"我给你吃的,我还给出不是来了!"

白面儿鬼:"你就好人做到底吧。"

霍青松:"你为什么非要在这棵树上吊死?"

白面儿鬼:"这是我小时候的志向。"

霍青松:"没听说过,谁小时候就想吊死?"

白面儿鬼解释道:"我小时候,家里穷,没人管,最爱看出殡的,一排排出好几里去,可热闹了。最关键的,能跟着打'雪柳',挣点儿钱。我最盼着有出殡的,这样,能挣钱去天桥买个'两面焦'吃。我们家穷得连'两面焦'都吃不起。我最大的愿望,就是我死了,也能风风光光地出个大殡。没想到,我死都这么无声无息的。好歹,我得挂到这棵最有名的上吊树上——高矮也合适,粗细也合适,还是朝西方的。明儿别人一看见,远远地就得说,哎,那个谁谁谁也挂到那棵树上去了。我也算让人知道知道。"

霍青松很不屑:"你家里这么穷,你还抽白面儿?你就该死!"

白面儿鬼惨白的面皮有点儿泛红,嘶声道:"我抽白面儿,都是让韩国浪人勾引的,开始他白让你抽,等你上了瘾了,他就该给你出坏主意了,他就该往死里整你了!天桥这儿几十家白面儿房子,哪个不是韩国人开的。宋哲元抓抽白面儿的,抓到第一次在胳膊上刺一个十字,第二次再刺一个十字,第三次就枪毙。就在这二道坛门,毙了多少抽白面儿的啊!"

霍青松说:"那你还抽?"

白面儿鬼答:"有瘾啊,没办法。宋哲元要镇压抽白面儿的,最简单的,你把白面儿房子都关了不就得了吗?中华民国明令禁止吸毒,怎么还这么多白面儿房子呢?"

霍青松问:"为什么呢?"

白面儿鬼说:"韩国人的背后,是他妈日本人啊!宋哲元惹得起日本人吗?"

此时,歪脖树的后边,忽然传来了一声咳嗽。

霍青松和白面儿鬼都是一惊:"谁?"

借着雪色，他们看见从树后走出来一个年轻人，也就二十来岁，穿着很简朴，但很干净，有点儿学生气，说话又带点儿讲演气，说一口云贵一带口音的国语，对他们俩抱歉地笑笑说："你们好。"

白面儿鬼和霍青松都不知道此人的来历，不肯说话。这年轻人笑了，说："死都不怕，还怕骂日本人吗？"

霍青松见年轻人没有恶意，对他就没有坏感，而且人家说得有理啊！我们来这儿不是上吊的吗？死都不怕，还有什么可怕的呢？于是就问："这位先生，您是干吗的？这个时候了躲在树后头干什么？"

白面儿鬼猛然醒悟："你也是来上吊的！今天不行，今天谁都得让着我。"

年轻人说："我才不上吊，来这一世多不容易，干吗不好好活着？"

霍青松和白面儿鬼对视一下，忽然都笑了起来，笑到最后，全都带了哭腔，一起说道："你真年轻啊，谁不想好好活着？"

霍青松问："那您这是怎么个意思？"

年轻人说："我是来北平学音乐的。学校没考上，我就和一群同志演戏，谋生，赶上你们要上吊，又听见你们骂日本人，这才出来劝你们两句。"

霍青松问："你是学音乐的？"

年轻人也发现了霍青松拿着的三弦，很惊喜："您是弹三弦的？您是艺人？"

霍青松觉得，这就是老天爷让他把三弦托付给这个年轻人的，要不怎么在这个时候这个地方会出来这么一个年轻人呢？

霍青松说："是，我弹了一辈子的三弦，这把弦子不错，送你，当个纪念吧。"

年轻人说："哎呀，你们怎么一张嘴就是要死要活的。你们自己就这么软弱，弹出来的音乐也硬气不了，怪不得现在大江南北都是'妹妹我爱你''哥哥我想你''再喝一杯''勾肩搭背'……"

霍青松说："我可不会弹那些。"

年轻人说："对，我喜欢天桥的音乐。您别看我穷得连棉衣都穿不上，但我愿意用有限的几个钱去收集北方这些民间的音乐素材，我爱听你们弹唱的民间小曲，我喜欢你们弹的那些传了几百年的曲牌子。"

霍青松心中顿觉松快，在临死之前，能遇到一位知音，乃音乐家之幸也。霍青松不知道自己算不算音乐家，但在弹弦子这方面来说，整个天桥他还没有服过谁。

年轻人说："可你知道吗，这些还不是天桥的好音乐。"

霍青松说："您爱听昆腔，天桥可没有。"

年轻人说："不，我说的音乐，不是乐器演奏出来的，而是天桥自己演奏的。"

白面儿鬼说："这你不懂吧，我懂。他说的是，大冬天的，西北风一吹，电线杆子唱二黄：呜……呜……"

年轻人不搭理他，接着说："这里，充满了工人们、车

049

夫们、无产阶级的汗臭，他们在狂吼、乱叫，为了挣钱，为了生活下去，他们好像些疯子似的做出千奇百怪的玩意儿，有的在卖嗓子，有的在卖武功……这些吼声，这些真刀真枪的对打声，锣鼓声，还有什么打铁声、吆喝声、唤头声、冰盏声，混着骆驼脖子上的串铃声，那就是最好的音乐啊！"

白面儿鬼很不屑："那算什么音乐。"

霍青松却有点儿认真起来："您说的，我好像能懂。"

年轻人越说越兴奋："你一定能懂的，因为你就是他们中的一员。这是他们用生命挣扎出来的心曲，是他们仍誓死不做亡国奴的呼声，这是他们向敌人进攻的冲锋号！你的敌人是谁？"

霍青松说不出来。

年轻人说："你的敌人，就是这不公平的世道，就是那些卖国的大官、贪污的罪犯、外国人的走狗、欺负人的恶霸。你的三弦就是你的武器，用音乐当武器，是能救这个国家的。"

霍青松摇了摇头，说："先生，您还年轻，您有志向这挺好，可是我知道，我谁也救不了，我连我自己都救不了。我的媳妇被南霸天看上了，他直接上我家来，把我两岁的孩子当着我的面摔死了，得意扬扬地说，摔死了一个小共产党。然后就逼着我媳妇跟他走，要不然，就得说我也是共产党，把我送到二道坛门枪毙。我媳妇当天晚上咬了他一口，没几天，尸体就从三等窑子里抬出来了，破芦席一裹，陶然亭一扔。南霸天，他连收尸都不让我去！"

年轻人听得脑筋直蹦,说:"那你怎么办呢?"

霍青松说:"我后悔呀!我胆小啊!我是真不敢直接跟他干,我想打官司,咱们国家不是有法吗?我也不是野鸡没名儿啊,真的有好多人爱听我的三弦,也捧我。我的观众里有当官的,也有律师,也有警察。我找他们帮忙主持公道。谁知道他们在看演出的时候,叫好、扔钱,都不算什么,一说到南霸天,他们都劝我看开点儿。"

霍青松激动起来了:"看开点儿?我问他们,要是你们的孩子被当面摔死了,你能看得开吗?要是你媳妇的尸体都让野狗吃了,你能看得开吗?"

白面儿鬼在旁边不合时宜地念叨:"看不开。"

霍青松说:"结果前台经理跟我说,这些是我自己的事,不能因为我自己的事影响他的买卖,让我从明天起别去了。"霍青松情绪一落千丈,像一个忽然撒了气的塑料人,"我呀,不争了,我去那边见他们娘儿俩了。没脸呀!但是,见着的时候,可能他们不怪我。"

年轻人说:"所以,杀一个南霸天,不管用。你不想现在日本人占了东三省,要闹华北自治,如果日本人占领了中国,不知道有多少南霸天要横行一世呢!所以,要救国!"

白面儿鬼说:"那些大学生都喊救国,这国完啦,救不了了。"

年轻人鄙视地看着他:"这国要都是你这样,就真救不了了。你在二道坛门,天桥刑场,光看见枪毙抽白面儿的了?"

白面儿鬼说:"枪毙的多了,我老来看热闹来。"

051

年轻人说:"不瞒你们说,我就是借夜里没人,来天桥刑场看看的,凭吊一下那些为了救国而死的人。"

白面儿鬼说:"我倒看见有拐卖人口被枪毙的……谁是为救国而死的?"

年轻人说:"几年前,有一位办报纸的邵飘萍先生,因为宣传爱国思想,反对军阀,得罪了张作霖。张作霖进北京,就把他杀害在天桥刑场。"

白面儿鬼道:"你别说,这事我记得,邵飘萍是'萝卜党'。这词我就听过那么一次。"

霍青松奇怪地问:"萝卜党?"

白面儿鬼说:"我也奇怪,他不是办报纸的吗,跟萝卜有什么关系?"

年轻人说:"是卢布党。因为邵先生宣传进步思想,张作霖诬陷他拿了苏联的卢布。"

霍青松说:"枪毙他的时候,我在现场。当时是早晨四点多钟,我刚到外坛练功,就见警车开道,把这位邵先生拉进了刑场。他才四十来岁,身穿华丝葛长衫,黑色纱马褂,黑色缎面鞋。临刑前,他向监刑官拱手说:'诸位免送。'然后仰天大笑,从容赴死。真让人记忆犹新。"

白面儿鬼说:"你要这么说,我也见过一位横的。就在头几天,有一位大概叫抗日救国军的司令还是总指挥的,带着人在张家口抗日,结果让人给逮回来了。枪毙他那天,下着大雪,他说了:'我是为抗日而死,不能跪着,不能背后挨枪,给我拿把椅子来!'有人给他从旁边煤铺借来了一把椅子。

那主儿坐在椅子上，就这么眼看着枪把自己打死！了不得！死前还在雪地里写了几行字，也是什么抗日呀救国的。"

年轻人眼望着二道坛门方向，神情满是钦佩，喃喃吟诵道："恨不抗日死，留作今日羞。国破尚如此，我何惜此头！那是吉鸿昌将军。"

霍青松问："你是怎么知道的？"

年轻人说："报上都写了。你们身在北平，能眼见邵飘萍、林白水、吉鸿昌这样的人物，为了国家抛却生命。你们怎么就不能留下自己宝贵的生命，起来战斗呢！"

白面儿鬼说："可你说的几位不也死了么？中国好不了了！"

霍青松说："要都是你这样的人，是好不了了。"他转向年轻人，问道："这位先生，您贵姓？"

年轻人说："我姓什么不重要，您就叫我耳朵先生吧。我的耳音可好使了，记谱特别快。"

霍青松问："我还是不明白，拿音乐怎么救国？"

年轻人答道："可以用音乐描写这个该诅咒的时代，歌颂国人的救国精神，激励国人改造社会，起来战斗。"

年轻人见霍青松还是不懂，又解释说："比如，拿天桥来说吧。我看天桥一带有好多可怜的小孩子，吃不饱，穿不暖，有的要饭，有的靠捡烟头为生。我在上海也见过这样的孩子，他们当报童，挣不到几个钱，风里来雨里去，还要受人欺负。我就给他们写了一首歌，我的同事写的词，我谱的曲。大家都听到这样的歌，自然对报童们抱以同情，进而思考他们为什么这么受苦。这对于改造我们的社会,就是有益处的。"

谈到音乐,尤其是谈到了具体的歌曲,霍青松有点儿兴奋,他拿起弦子来,靠在树上,定了定音,说:"耳朵先生,您能不能唱唱您这首歌?"

耳朵先生说:"好呀!"于是,在黑暗中,在白茫茫的雪地里,在歪脖老槐树下,他唱了起来。歌词有三段,旋律却是一样的。霍青松在他唱第一段时,还是跟着弹,到第二段时,就已经能大概伴奏得上,到第三段时,二人配合得已经相当好了。

啦啦啦!啦啦啦!我是卖报的小行家,不等天明去等派报,一面走,一面叫,今天的新闻真正好,七个铜板就买两份报。

啦啦啦!啦啦啦!我是卖报的小行家,大风大雨里满街跑,走不好,滑一跤,满身的泥水惹人笑,饥饿寒冷只有我知道。

啦啦啦!啦啦啦!我是卖报的小行家,耐饥耐寒地满街跑,吃不饱,睡不好,痛苦的生活向谁告,总有一天光明会来到。

耳朵先生唱完了,霍青松很感动,赞道:"这么好的歌,您是怎么写出来的。您真是个音乐天才!"回头对白面儿鬼说:"我不死了!我听这位先生的,先活下来,再想办法跟他们斗。这歪脖树给你留着了。"

白面儿鬼也听得有点儿受鼓舞了，说："你不死了，我也不死了！我戒白面儿，找地方做工去，我自食其力！到哪天我真活不下去了，我再死。可是我也不挂在这儿了，我上白面儿房子门口上吊去，我给他们加个肉门帘！最起码第二天早晨他们出来倒尿盆的时候，能吓得洒一身。"

霍青松和耳朵先生，也不知道是该笑还是不该笑。白面儿鬼跟二位一抱拳，转身要走，忽然头重脚轻，一跤摔倒，再也爬不起来了。

霍青松、耳朵先生二人赶紧过去，把他扶起来。霍青松一试他的鼻息，已经没气了。冲耳朵先生摇了摇头，说："倒卧了。"

倒卧是老北京人都知道的词，在街头冻饿而死的，就叫倒卧。耳朵先生虽然到北平的时候不多，但也能明白。他也摇了摇头，叹了口气，说："总算在他死前有了哪怕那么一点点的上进心和斗争精神，可见，中国人还是有救的！"

霍青松点头称是，刚要说话，见树影深处，远远过来两个穿制服的人。霍青松说："耳朵先生，早班儿警察巡逻来了，这儿有个倒卧，咱们先走吧，要不他们讹上咱们。"

耳朵先生一点头，二人迅速离开了这棵吊死了不知多少人的歪脖槐。

不一会儿，两个警察到了，一见这儿有一个倒卧，年轻点儿的那个骂道："他妈的，又一个，还得上报，真他妈费事。"

年长一点儿的警察有点儿经验，过来先试了试鼻息，又探了探胸口,兴奋地说:"胸口还热乎,没死透呢!过来,搭把手。"

年轻的警察奇怪:"干吗?"

年老的警察说:"还没死就好办,过了这条街就不归咱们管了,让东外五区那帮孙子上报去。"

年轻的警察恍然大悟,两个警察拖着一具尸体,过天桥南大街而去。

是不是已经有儿童早起去打粥、捡煤核儿了?怎么那清亮的儿歌声又传来了:

赶车的,别往东,
东边有个死人坑。
赶车的,别往南,
南边有条死人船。
……

(聂耳在北平是 1932 年,吉鸿昌就义是 1934 年,聂耳给《义勇军进行曲》谱曲及逝世均是 1935 年。且有言邵飘萍就义于天桥东刑场,吉鸿昌就义于天桥西刑场,似非一处。此处不实指名,做小说看,读者未便做考据也。)

大森里

年德义

于德方

李凤林

孙爱云

月月鲜

白椿香

天桥这边的妓院没有太高级的,除了大森里。那是著名的"洋窑子",日本人都上那玩乐去。可是能去洋窑子的嫖客,也都非富即贵,不是常人,到珠市口大街这边来玩儿,除了去大森里,也不会到其他的妓院消遣娱乐。人家要想找中国姑娘的,还是去珠市口大街北边的八大胡同。

天桥这一片,穷人太多,好姑娘在这也卖不上价,除了偷偷自己单干,除了不上捐不纳税的野鸡私娼,这边最多的,就是白椿香开的瑶春馆这样的三等妓馆。

瑶春馆虽然叫馆,其实只有一个院子,七八间房。但是沾了挨着大森里的光,再加上白椿香年轻时就是街北八大胡同二等茶室下来的,深知起个好名的重要性。

这七八间房,白椿香跟她的丈夫,也就是耍胳膊根儿的主力,"大叉杆"王老晶住一间,还有一间堆房,其他几间,都是妓女们的"会客室兼卧室"。说得怪好听的,其实也就四根柱子,八九平方米。

北房三间是三位红姑娘的。在妓院的"红",总是要持续个一两年、两三年;等两三年之后,不红了,或者有更红的了,您就得把房子让出来,往东西房溜达溜达。谁不要个脸呢!能住上北房的,就得想尽办法让自己红下去。

其实在这种三等下处,想红下去也不那么太难。同时有七八个熟客,能笼络住了,活就干不过来。春秋季不用着急,大批冬天回乡、春天返城的卖力气的和卖手艺的,什么磨玉的、烧景泰蓝的、刻玻璃的、跑大棚的、古玩店的伙计、南纸店的账房先生……时不常地总得找个女人。

男人嘛，娶不起媳妇，或者媳妇不在北京，或者就是爱玩儿，图新鲜，总得找地方花钱。辛辛苦苦一辈子，不就为这点儿事嘛。来的客人多了，长得好看赖看的都能分着几个，屋里就都不空着了。

夏天也不怕，好歹是瞄着二等茶室的三等下处，有茶资，有过夜费，不是进屋就办事。来这里的人，多少都得来几回，双方看上眼，才能聊聊过夜的事。其实有钱的直接给个过夜费，也没有不接的，还省事了呢，但人家那点儿钱花着就觉得冤了——直接找个私娼，有个十几分钟就完事了，还便宜，还不耽误回家吃饭，何苦来这儿呢。

夏天穿得少，都是一样花钱，夏天客人觉得占便宜占得多。夏天的晚上，站院里一听，各屋都是"讨厌""别乱摸""哎呀痒痒"的声音，再配上各种撒娇声和故意不乐意的咂嘴声。

进屋来，先得聊聊，先生贵姓啊，做何生理啊，姑娘芳名啊，十几岁啦，哪儿的人呀。端出茶来，您喝点儿什么呀，明前呀，雨前呀，还是碧螺春呀。当然这些茶都是个名目，是该种名目的茶的末子就不错！您喝到嘴里，绝出不来正兴德的味儿。

但是上这儿来的人都不挑这个，人家是来喝茶的么？

喝着茶，就能往跟前凑合凑合了，能找个姑娘在一块大腿挨大腿地坐坐，您说这三毛钱花得值不值吧。

家里的地都种得好吧？

字号里的买卖忙不忙？

媳妇又给您生了一个大小子？可得恭喜您了。

有的没的，聊呗，聊的内容不重要，聊的情趣才重要。

聊人生聊理想的，这地方没有，有也是在珠市口大街路北。那边有清吟小班，多是苏州来的姑娘，不但能跟您谈人生谈理想，还能跟您写书法画国画，以诗相和，谈古文谈《离骚》；甚至还能跟您聊两句巴尔扎克泰戈尔高尔基，只要您乐意，谈革命都行。

聊美了，人家苏州姑娘还能给你弹奏个古琴、弹拨个琵琶。那些姑娘的屋里，据说都跟小姐闺房一样，苏绣的帐帘，红木的桌椅，墙上挂的，除了名人字画就是古琴琵琶。名人字画都是真的，都是那些名人去玩儿的时候，给那些姑娘写画的，诗都是专门给她们个人作的诗，俗的一概没有。一点朱唇万客尝？傻子才挂那个呢。

不过说这些屋子像小姐闺房，有的方面也不准确，比如墙上挂三弦琵琶什么的。哪个高门大户的小姐屋里挂那个？在过去，一弹一唱的就不是好人家啊。

有的高级妓女还能唱京剧，还专门唱女老生。有的客人专门爱好票戏，会拉京胡，几位知己的朋友约好了，一同去逛，会拉的一拉，那"小水仙"一开嗓儿，嚯！全院的客人都出来给她喊个好。

能跟这样的姑娘打个茶围，花费就不少了。要想过夜，一则花费甚多，二则得招多少人嫉妒啊！睡一宿，花不少钱不说，还睡出不少自认为被戴了绿帽子的冤家对头来，犯不上。

珠市口以南就没这个了。进屋也聊，聊不了那么高深。

聊高兴了也唱,但没有妓女屋里带响器的,顶多是妓女给您唱两句大鼓,您晃着脑袋听一乐。窑调也会点儿,但是多了不唱,人家说了,卖身不卖艺。

"你们都给我听着点儿!"白椿香午睡起来一看,每个屋里都没客人,姑娘们都在院里闲坐闲聊,立刻怒了。正好,她要立家法,整家风,毫不客气。

"都给我站起来!"

几位闲聊的不得已,全都站起来了,有一位在屋里的,听见领家儿妈妈要训话,也从屋里跑出来,站到门口。"大叉杆"王老晶也从屋里出来,不知道自己女人要干什么。

"大白天的,你们看看,屋里一个客都没有,养着你们干什么!你们看看你们自己个儿,都不懂得捯饬捯饬,还有个女人样啊!一个个都在院里歇凉,死蛇烂鳝的,倒挺舒服!"

大三白懒洋洋地站在门口听着,她岁数不小了,皮肉也都松弛了。但除了脸,身上哪哪都还挺白,还有不少爷们愿意找她。一白遮百丑嘛!

她本来长得也不难看,但她的脸确实越来越黄了。

"唉,黄脸婆黄脸婆,谁到最后都躲不过这三个字去。"她每天中午起来,送走过夜客,回来化妆的时候,都看着镜子里的自己难受,然后再往脸上扑更多的白粉。

"你!"

大三白看着白椿香指向自己的手指头,无可奈何端了端肩膀。在这个院子里,最不怕白椿香的就是她。她在这个妓院里时间可不短了，给白椿香没少挣钱，这两年都开始帮她调教新来的妓女了。

白椿香翻起脸来不管谁都不给面子，大三白亲眼见过好几次她大嘴巴抽王老晶。王老晶打起人来能下狠手，但是被白椿香打一点儿脾气也没有。所以大三白也知道，这就是真冲自己来了，不是让自己帮着立个规矩或做个样子。她赶紧站得直了一点儿。

"你过来，数你岁数最大，你就带头给我这儿歇工！"

大三白知道，白椿香没挣着钱的时候，就是个母狼，什么理也讲不了；一旦见了钱，就眉开眼笑，什么都不是事了。现在没客人，没钱挣，就干听着，千万别还嘴，还嘴就得挨上打。

"昨天晚上，那客人都说了饿了，你倒好，一个劲儿拿茶叶涮他，这一出去吃夜宵去，再碰上两个朋友拉去听个夜戏，当然是不回来。明明是过夜的钱，生生让你变成喝茶的钱！"

大三白还是不言语，低着头，使劲儿让自己站直。

"还有你！"白椿香见找寻不着大三白的不是，一手指头又把想把自己影到门框里边的李凤林点了出来，"你倒好，屋里弄得跟土站似的，被子都不叠好了，痰盂都不倒，一进你那屋，胭脂味儿和着屁味儿，哪个男的能愿意在你那屋住！"

李凤林也是能卖出钱来的红人，不大能听白椿香这套粗话。一甩头发，用捏着半个鲜红嘴唇的语调说话："也保不住就有男的爱这个味儿。"

白椿香刚要上来撕她的嘴,就听她又说道:"反正我这屋里天天不短客人。"

白椿香脚底下虽然快,但也咂摸出了她话里的滋味,凭空一转,就转向东屋的月月鲜。

月月鲜一听"天天不短客人"这话,知道这就要到自己了,赶快调整情绪,把最低微、最难过、最让人可怜的那套脸面拿出来,苦着脸对着盯着她怒目而视的白椿香说:"干妈,您知道,我这身子这段时间不太好,您等我调养好了,我好好化化妆,好好热热客,肯定给您挣钱。"

旁边的孙爱云岁数最小,可马上就不干了,冲月月鲜一瞪眼:"你说谁热客,你说谁热客,上回客人偷偷给我两块钱,我都给妈妈了,客人爱我,死缠我,我也没辙呀,你吃不了少往我这布!"

"热客"就是给客人多灌迷魂汤,待客人过分地热情。可客人太迷一个妓女了,每天都来,就花不了那么多钱了,还有可能真爱上妓女,帮妓女跑。所以,"热客"也是罪名。

月月鲜冷冷地说:"可不是爱你嘛,你小,你嫩,你可也有老的那一天。"

孙爱云刚要还嘴,白椿香一口唾沫吐到了月月鲜脸上,骂道:"老了怎么着,年轻时候是个红人,老了也能开个窑子接着挣现大洋!"

大三白一看,只有自己站在院子中间,心想得赶紧拉拉和,要不指不定站到什么时候了,便说:"妈妈,您别往心里去了,别动肝火。不过这大夏天的,哪个屋里都待不住人,不到晚上天风下来,肯定是来不了客了,就是来了客,这一身臭汗的,也不好挣钱呀。"

白椿香迈着小短腿,一扭一扭地走上北屋的台阶,喊一声:"你们都给我过来。"

姑娘们不乐意地凑了过来,这是要"加油"了,说是白椿香年轻的时候从一个日本客人那里听说来的。她们以前天天"加油",都被操练过,站了两排,还真是站了个横平竖直。

白椿香喊道:"挣钱!"

大家一块喊:"加油!"齐刷刷拍三下巴掌。

白椿香喊:"加油!"

大家一块喊:"挣钱!"又是齐刷刷拍三下巴掌。

白椿香喊:"开门!"

大家一块喊:"接客!"

连白椿香一道,大家一块拍巴掌又喊:"干!干!干!"

晚上,凉风下来了,这条街上的人三三两两地多起来了。来这条街上的,多是来找乐子的爷们。有的是几个朋友一起,喝个花酒聊个天;有的是找人谈事,别处不方便,专门带到这来。还有一门心思就是来发泄肉欲的。再者,就是提小挎篮卖花生米的、卖糖葫芦的、卖肥卤鸡的这些做小买卖的。他们和每家妓院都相熟,可以进到每家院中吆喝两声,挣点儿钱养家糊口。

下午天热时像鲜花打蔫一样或站或坐在各家门首的妓女们又鲜亮了起来,挺实了起来,有的聊着天,有的靠着门框看街景儿,关键是不忘对每个过路的男性"点手唤罗成"。

年德义和于德方从天桥市场那边摇摇晃晃地过来了。

他们是天桥"地上"说相声的,天太热没生意,口干舌燥说了一下午,也没挣几个钱。他们一块找地方吃了点儿饭,也就是干饽饽剩饼子的,然后一路顺着赵锥子胡同就过来了。

晚上,天风下来了,那是老天爷的恩典,凉快了,可天桥没人了。那时候,天桥连路灯都没有,大晚上的,谁黑灯瞎火地逛野地啊!还好,天桥北边有大批的妓院,做艺的可以去妓院中接着挣钱。

年德义是逗哏的,长得瘦小枯干,一脸大烟鬼相,他确实也抽大烟。原先他说红不红的时候,也挣了点儿钱,跟一般有点儿红的艺人一样,自动就走上了黑饭白饭两碗饭的道路。大烟抽得越来越多,艺术上倒越来越差。他们也不拿自己说的东西当艺术,自己也管这套东西叫玩意儿。

他需要的钱多,卖艺挣的钱越来越少,自然就想到了克扣同伴。

除了于德方,天桥说相声的没人愿意和年德义搭伙。说相声的收入一般都平分——一共也没有多少钱,大家出力又相差不多,何必分大小份儿呢?但是年德义认为自己够角儿,只给自己捧哏的分三成。

按说捧逗三七分,也正常,好多节目主要听逗哏的,逗哏的卖力气多。捧哏不过顺口搭音而已,出的力少一点儿,对于效果负的责也少,少拿一点儿也正常。

但是跟年德义搭伙并不容易,得早去,收拾场子、摆桌椅；每段说完了，得负责拿着小笸箩向观众敛钱。一般的摊上这个活是小徒弟干，年德义的小徒弟全都让他打跑了——也跟他嫌他们吃得多、不想养着他们有关。于是向观众敛钱这个事就交给了搭档。

观众围了一圈，敛钱两个人一人各转半圈吧？不行，年德义得站在中间自夸："明儿我要不说了您想再听这段子可没地方听去了。"

另外他还得负责观察，看谁给钱痛快；给钱痛快的说明有钱，还得接着要，要"绝户"了算，"您这么大的财主多花一个两个的不在乎，可是能救我们小哥儿俩全家的性命，这伙计他妈都病得快死了，就等一口吃儿了，您再给十个大！"

谁要不给，转头走了，他可得骂痛快喽："那位转头一走，不给钱没关系，急着回家奔丧去，给我这撞个大窟窿。也不知道他们家死的是男是女是老是少，要是大姑娘小媳妇合适了，今儿晚上我就挖坟去。"

年德义最后就找了于德方搭伙。

于德方四方大脸，颇有个厚道劲儿，但是在天桥，太厚道的也挣不来钱。于德方眼里没活儿，也没有抬头一个见识低头一个故事，就是老老实实地捧哏。水平嘛，说实话也差点儿，最后，也落了一个没人要，只能跟年德义了。

晚上，二人吃了点儿东西，跟人寻了口凉水，就奔这条街来了。

这条街上妓院多。虽然都是小门小户，有的门上还没挂牌子，但年德义一眼就知道哪个是妓院。先去哪家呢？年德义有谱,正好走到瑶春馆,见这家院门口没人站着,估计这院的姑娘都有客了,就赶紧奔这院来了。

于德方一看是这家,有点儿迟疑,说:"这家小点儿,要不咱换一家?"

年德义说:"换什么,在哪家不是干?"说完拉着于德方往里就走。说相声的进妓院方便,都认识,也没人招呼,也没人拦。

进院里一看,小院不大,"大叉杆"坐在东北板凳上,每个屋都挂着帘子。年德义一拉于德方,奔北屋上房就来了。到上房门口,拿耳朵一听,屋里传来声声浪笑,行,点儿正合适。年德义轻轻一撩帘:"大爷,您听段相声吗?特别可乐,您也找点儿乐,我们哥儿俩也借光奔点儿食儿。"

屋里传来粗鲁的喊声:"不听不听,走走走!"

年德义答应一声:"得嘞,您先乐呵着。"后退两步,又来到东屋门口。这屋里的动静没有那屋里大,大约嫖客正在和妓女谈心呢。

"大爷,您听段相声吗?特别可乐,您也找点儿乐,我们哥儿俩也借光奔点儿食儿。"

屋里传来了浓重的山东口音:"进来吧。"

年德义大喜,撩帘就进。进屋一看,屋子不大,屋里没什么陈设,连朵花都没有。木头桌子都露了白茬儿,桌上仅摆着一盘瓜子,一个茶壶。屋里只有一个凳子,如果两个人坐,一个人得坐床。

此时屋里的两个人都在床上,一个穿绸裹缎的大胖子正在纠缠一个中年妓女。那大胖子四十多岁,全身的肉都长横了。那妓女正是月月鲜，脸色惨白，但嘴唇抹得很红，在大胖子的对比下更显得瘦弱伶仃。

大胖子双手抓住月月鲜的两手，伸鼻子去闻月月鲜的领口——大概那里有点儿汗味，绝不是香水味；因为在这个地方的女人，是没钱也想不到喷点儿引诱人的香水的。月月鲜一面往床边躲，一面娇笑着："讨厌，讨厌，来人了。"

大胖子一看就是长于此道的熟客，并不是一进屋就非要马上如何如何的愣头儿青，一见年、于二人进来，也就不再死缠月月鲜。他坐在床边，放月月鲜坐在旁边凳子上，一脸看不起的神气，看着二人。

月月鲜一边整衣服，一边喘着说："说喝茶就好好喝茶，说聊天就好好聊天，再瞎摸，我把你的爪子剁下来。"可一边说，一边又故意做出撒娇的神态，让大胖子发不了火。

年德义赔着笑，又得看，又得装作没看见。于德方是根本就没看见——他一进屋就低着头，根本不抬眼。

"得了，"月月鲜把茶给大胖子倒上，"你先好好喝着茶，听段相声。"可怪的是，月月鲜说听相声，可她的眼睛也全在大胖子身上，也不抬眼看这两位站着的。

那个大胖子大马金刀地往床上一坐，问："什么相声？"

年德义赶紧说："说学逗唱，文的武的都有，给您说一段您先听听。保证您乐。"

大胖子故意找别扭："那我要就不乐呢？"

月月鲜故意假生气："你出来是找乐来的？你不乐，我胳肢你。"

大胖子被胳肢得哈哈大笑，随手把月月鲜拉到身边坐着。那边年德义点头哈腰地说:"瞧您说的,我们是干吗的呀!说不乐您,我们就抱着脑袋滚出去!"

于是,他们站在门口,就规规矩矩说上了。

年:您别看我们说相声的是下九流,我们这个于伙计,可是宦门之后。

于:这话没错。

年:他妈是换洋火的。

于:你妈是捡废纸的!是官宦之后。

年:对,他是宦官之后。

于:你爸爸才少块肉呢!

年:早些年你们家有钱,可你没赶上。想当年你爸爸虽然有钱,但是年过五十才有的你。没你的时候,你爸爸一个人唉声叹气。

于:心烦。

年:"天啊,天啊!"

于:我爸爸是唱戏的呀?

年:这一唱不要紧,把你妈惊动来了。你妈出来这派头可不小,四个丫环搀着。没四个丫环,你妈一步都走不了。

于:脚小。

年:没腿。

于:你妈才肉轱辘呢!

……

开始,大胖子跟月月鲜还笑笑,过了两分钟,大胖子觉

073

得没劲了,嘴上说的脏哪有手上摸的黄有意思,他就又逗弄上月月鲜了。月月鲜也只得连躲带黏,做出些欲迎还拒的样子。

说了有十几分钟,要不是月月鲜老像管小孩一样管大胖子"坐好,听相声",大胖子早让他们打住了。这时候,大胖子也折腾累了,年德义和于德方的节目也演到最后了。

当然,效果已经这样了,占主演地位、起引领作用的逗哏年德义已经想办法"码"了好几个段落了,但也不能说得太短,那样怎么好意思要钱呢?说到最后了,争取使使劲儿,卖卖力气,能乐一次是一乐;实在不乐也没办法,就冲这么卖力气,也得掏两个钱吧!

拿玩意儿换不来钱,就拿力气换吧。

……

年:要拴娃娃,你妈给老娘娘磕头:"娘娘在上,奴家,挨门骂氏在下。"

于:你妈才挨骂呢!

年:"您赐我一儿半女,我给您重修庙宇,再塑金身。"你还别说,老和尚真灵!

于:像话吗?那是老娘娘真灵。

年:回家没半个月,真怀上你了。你妈一高兴,要唱几句曲儿。

于:这可真新鲜,我妈怎么唱的?

年:"叫一声我的儿子,跟着妈妈去呀嗳,妈妈住家在大森里,天天我打野鸡呀嗳。"

于：你妈才野鸡呢！

年：过六个月显怀了，你妈可注了意了。往上不敢伸胳臂。

于：怎么？

年：怕你抻着。

于：您看看。

年：往下不敢弯腰。

于：怎么？

年：怕把你窝着。

于：爱惜。

年：人多的地方不敢去。

于：怎么？

年：怕把你挤着。

于：是。

年：这么说吧，你妈有小便都不敢蹲下。

于：那为什么？

年：怕你跑喽。

于：你别挨骂了！

年、丁二人一齐鞠躬，这段算是说完了。大胖子不爱听，好像忍了半天似的，终于说出来了，"你们俩都别挨骂了！说的这叫什么？全是拿妈妈找乐的，你老说他妈，你没妈呀！没有一点儿礼义廉耻！"

月月鲜本来还有点儿向着他们，毕竟都是下九流，连那些串妓院卖糖葫芦的人，妓女们都愿意帮衬——也显得院里热闹，可吃可玩儿的多；有时候磨着让嫖客抽个签输几毛，回来妓女还能白吃两串糖葫芦。有上屋里来说相声的、唱小曲的、清唱二黄的，妓女也都愿意让他们多唱会儿多待会儿，好歹自己还不用时时盯着侍候客人呢。

可听年德义唱到"大森里"，又唱到"打野鸡"，月月鲜多少也觉得不自在。

大胖子拿出来一毛钱的小洋钱，往门口一扔，一摆大手："走走走！"

一毛钱，不少，可也不算多。好歹我们是上屋里单伺候你的，你就给一毛钱？

年德义真是生气了。但他不敢说什么，谁知道这大胖子姓甚名谁有何背景啊？于是他满脸赔笑说道："这位先生，您看我们伺候您这么长时间，您这……要不然，我们再给您说一段？"

"还说？"大胖子眉毛都拧起来了，"就你说的这些，报到外五区就得把你抓起来！爹啊妈的，没有一点儿尊卑长上，你不是你妈生的？走走走，别给脸不要脸！"

年德义气都到胸口了，又压下去了，没办法，谁让人家是爷呢！这于德方也不对啊，这么半天，你也求两句啊！就我一个人说话，气势都不足，这点儿眼力见儿都没有，怪不得人家不用他！

月月鲜也不好张嘴了，人家出来是找乐，这要把客人的兴致说没喽，自己这份钱都挣不踏实。于是她赶紧站起来，过去把地上的小洋钱捡起来，塞到于德方手里，一边往外推他们一边说："行了行了，不少，上别的屋看看去吧。"

来到屋外,还顺手把门带上了,哄着二人,往外推。

年德义一见离得远了些,门又关上了,不由放出了压抑已久的流氓相:"他他妈一嫖客,他跟我聊礼义廉耻!"当然,语气是当爷爷的语气,音调还是当三孙子的音调。

月月鲜赶紧拦着,小声说:"行了,走吧走吧,出去再骂。"

于德方在旁边,还是一语不发。

年德义骂了两句,消了气,一见于德方还是不语,心说,蔫人出豹子,别真发作起来,一拉于德方,说:"走走,就当遇见条狗。"

于德方还是低着头,要跟年德义走。

月月鲜刚要回去,忽然把于德方叫住:"哎,你等会儿。"伸手在怀里一摸,摸出一个小手巾包,打开一看,是几张纸币,数个大子儿。她把纸币拿出来,往于德方怀里一塞,说:"你就先拿回去吧。"又拿出一个小包来塞过去,说:"给小鱼儿吃,牛筋豌豆。"于德方欲要拦她,已经来不及了。

年德义看愣了,嚯!这怎么个意思?这个木头居然跟这个老窑姐认识!可她凭什么给他钱呢,他哪点儿值得一图啊?

月月鲜刚要转身回去,就听身后有人冷冷地说:"哟,真趁哎,私房不少啊!"

月月鲜一惊,回头一看,孙爱云不知道什么时候站在院里了,自己给于德方钱,她正看见!

月月鲜冲她摆摆手刚要说话,孙爱云突然提高了嗓门:"妈,她又热客啦!"

"大叉杆"听见有事,赶紧过来盯着。别的屋里的人声

077

也立刻小了——就是不出来看,这个热闹该听也得听一耳朵。

月月鲜情急之下,手足无措,不得已说出实话:"孙姑娘,你别嚷,这位……"她拿手一指于德方,"是我们家里的。"

于德方身体一震,月月鲜看见他脸色不对,才知道,他并没有把实情告诉同来的伙计。一个大男人,让伙计看见家里的出来卖身,那肯定是着急啊!怪不得他从一进来话就少,还老低头。

能活得下去,谁干这个呀?

可你怕人知道,就别上这院来呀!

年德义可兴奋了,就像看见外国电影似的,眼都圆了,脸上都是笑意。他不管低头回屋的月月鲜,也不管溜达走了的"大叉杆",更不管嘴一撇站在院中的孙爱云,拉着于德方往外就走。一边走一边过分关心地问:"你媳妇什么时候下的海呀?不是自卖自身吧?'自混'混得住吗?叫条子的多吗?出台费多少啊?"

于德方被年德义抓住了小辫子,只能随他去开玩笑,低头走路,一言不答。

年德义更得意了,一路又唱起了小曲:"叫一声我的兄弟,跟着哥哥去呀哎,你嫂子住家在大森里,天天她打野鸡呀哎。"

凤凰三窝

射箭英雄

听书的日本人

北京人爱听书，老北京有好多书茶馆。

东西城的书茶馆条件好些，地方大，桌椅精致、干净，茶水也好，有好多上流社会的有闲阶级都爱去那里听书。

北京的评书内容包罗万象，不仅仅是讲历史故事这么简单。要是光想听故事的话，去天桥听唱大书的足矣。

北京的评书老艺人，其实是以说书的故事为载体，把各种古典文学知识、各地风情世态、各阶层的奇闻逸事、各朝代的典章制度、典故传说、医卜星相、琴棋书画、禅机道法、社会常识、人情世故，甚至旧社会的很多黑暗现实，都融合到书中，讲给人听。所说的故事，上至皇家贵胄，下及倡优盗偷，无不吸引人。

他们说的皇家秘史、宫斗趣闻，常去听书的太监都爱听；而说起倡优生态，偷规盗道，也总能引起相关人士的点头暗许。这些说书先生知识怎么能这么广博呢？

南城也有书茶馆，天桥地区的大茶馆甚至比北城的更大，但就大多数情况而言，听书的条件更差一点儿，书棚子居多。

所谓书棚子，就是搭个席棚，里边摆几条板凳。每天下午，说书先生身坐高台，"俯施教化"——其实高台也不过是用碎砖码起来半尺高，上放一张场面桌，一把高凳而已。说书先生过去都是坐着说，只是偶尔站起来表演，因为一说就是两三个小时，老站着受不了。但坐在桌子后边，也得让观众看个完整的上半身，所以说书人的椅子或凳子，甭管多破，腿儿得高。人坐在上边跟站在桌后的高度要差不太多。

书棚子的客人也是以"底座"为主，有那么几十位，或者十几位是天天都来听书的。说书先生说完一个段落，下来零打钱，要完一次钱，升座再说下去。

一下午就算要个三五次钱，对听众来说也比去大书茶馆听书要便宜，那儿是书钱加茶钱的，都不太便宜。

也有游客偶尔走到这里，进来听会儿书，也当休息一会儿，给一次两次钱就走了的。

说书的也有公会，谁去哪个书馆说书，说一转儿——就是两个月，然后再去哪个书馆说，都大概有个约定。能去大书茶馆按"转儿"说书的，就不用上天桥的书棚子说了。可是天桥书棚子里说书的，也另有一美。

就跟说相声的唱大鼓的一样，能去杂耍园子演了，有的也还是愿意去天桥地上撂地，它是另一个劲儿。

米杰三就是久在天桥书棚子里说书的，有不少年了，在天桥也小小有个名号。

这人有四十多岁，在说书先生里不算岁数大的，很沉稳，社会知识和历史知识都很丰富，最擅长说《精忠说岳》。尤其说到"四猛八大锤会斗朱仙镇，金兀术一晃五股托天烈焰叉，哇哇怪叫，带着北国番兵大败而去……"那真叫精彩！总能让下边那三五十个听众热血沸腾，大声叫好！

尤其是在日本占领北平时期。

清朝的时候，说书的说《精忠说岳》，唱戏的唱《挑华车》《八大锤》，据说西佛爷都爱看。也有人抖机灵，说当年的"金"就是现在的"满"，岳飞抗金是影射现在的国家大事。但是皇上家都不禁《精忠说岳》，下边的小汉官儿就不能拿这个

083

对上报功、对下挤对艺人了。

1937年以后,日本人占领了北平,但是他们听不懂中国话,更听不懂话内有话。只要汉奸不使坏,说岳飞,说关王,说周遇吉,都没事。没事的时候都没事,有事的时候……那再说吧,不说书,吃什么去?

可凡是说《精忠说岳》的,一说到"十二道金牌调岳",直到后边的"风波亭",说得再好的也大"掉座",挣不出前边的一半钱来。没办法,中国人到了什么时候都不欣赏悲剧。

米杰三的《精忠说岳》——内行叫"丘山儿",说得可是真不错!最起码天桥的书座儿都是这么评价他的。但他还是很难去内城的大书茶馆说。

有人说是因为他没师父,不是从小拜师,是半路出家学说书的。可能为了"生意",拜了个快死的老艺人,一句也没学,算是有了门户。能干这行了,但还是不吃香。

这一天,正说到"大闹武科场,枪挑小梁王"。这是一个精彩大汇聚的桥段,下边的几条凳子上的人都坐满了,四下还站着好多位,棚子里都严了。

米杰三还是该怎么说就怎么说,人多的时候,他也不偷懒,人少的时候,他更卖力气,他总是对得起观众的:

小梁王柴桂,他的弓箭水平,可真是不错,要说跟岳飞比射箭,他自己认为这是手拿把攥的。只见他把马跑开喽,圈回马来,来了个一马三箭,箭箭射中红心!

那箭垛摆的有一百二十步远，红心也就烧饼大小，眼神差点儿的，别说射，看你都看不清楚。

天下举子轰然叫好！都是干这个的，看得出来，这是真功夫，确实箭下有准。

岳飞一看，心中动念，我怎么办呢？要按我的能为，我也能一马三箭，箭箭射中红心。可有一样，那不就打平了么？怎么能赢了他呢？要赢不了他，打平了，他是梁王，我是一介布衣，最后还得算他赢……干脆，我玩点儿悬的吧。

岳飞想到此处，一带坐下马，就奔考官来了。张邦昌一看，哟，你不射箭，冲我干吗来了？就见岳飞翻身下马，朝上搭躬，叫声大人。我要也射中红心，我们就平了，也显不出我的本领。请大人换上丝线吊铜钱，我要来个凤凰三窝！

张邦昌奇怪，怎么叫凤凰三窝？

岳飞说了，凤凰三窝，就是一种射箭的绝技。用一个丝线，吊上一个大铜钱，这铜钱眼儿得大点儿，箭得能过去才行呢。

张邦昌一听，啊？你要一百二十步以外，箭射金钱眼？这话可大点儿。

岳飞微然一笑，光射过去不算能耐。

张邦昌一听，那还要怎么着？

岳飞说，我这第一支箭，箭射金钱眼，这箭头从金钱眼里穿过去，箭杆要横担在金钱眼里，箭羽要丝毫不沾金钱。正中间，横担在这儿。这叫凤凰寻窝。

张邦昌一听,这话都悬了,谁能控制得了这么好啊。

岳飞说,我这第二支箭,还是箭射金钱眼,第二支箭的箭头,要正中第一支箭的箭尾,把第一支箭从金钱眼里顶出去,第二支箭要横担在金钱上,这叫凤凰占窝。

张邦昌一听,这都上了胡话了。

岳飞说,我这第三支箭,要箭射丝线,把丝线射断,两支箭、一枚金钱同时落地,叫凤凰趴窝。合起来叫凤凰三窝。

张邦昌一听,你要真能射凤凰三窝,那自然是你赢他输。岳飞朝上搭躬,翻身上马,来到校场中央。他能不能射凤凰三窝,待会儿再说!

说到这儿,这是一个扣子,米杰三一拍醒木,不说了,要钱。

米杰三一贯是一个人说书,连个小徒弟也没有。但他每次要钱自己都不下来,拿个小笸箩,请观众从前往后一个个传。头排的几位都拿出钱来扔笸箩里,也有拿得少的,坐着的没有不拿的,站着的就或拿或不拿都在两可了。米杰三坐在高凳上挨个道谢。

他这种要钱的方式在天桥也算独一份,有点儿不求人的意思。

小笸箩传到后边一个穿大褂的人那里,停住了。

那位戴一顶巴拿马草帽,摇一柄折扇,像个文化人。接过小笸箩,往里看了看,微微一笑,用生硬的中国话说:"中国人,喜欢吹牛。"

"哗啦！"他把笸箩朝场面桌扔了过去，钱掉落了一地。

有人听出了危险，慢慢往后退了。也有人老听米杰三的书，有点儿感情，一看有欺负人的，过来要挡横儿——在天桥这块，最怕的就是流氓，最不怕的就是念书人。

要挡横儿这位刚要仗义执言，那个穿大褂的人身边又挤过一个穿绸子裤褂、留大分头的人，一语不发，把衣襟一掀——腰上插着一把黑亮黑亮的手枪。挡横儿的这位乖乖躲一边去了。

旁边有人看见枪了，都是一惊，有人小声念叨："天坛里的日本人。"

天桥就有日本兵营，每天日本兵在街上横冲直撞。但是天坛里的日本兵是细菌培养所的，是做研究的，有时候也不穿军服出来，看着好像没那么跋扈。

可他们研究细菌是干什么的呢？

杀中国人，这帮人好像手上都不沾血似的。

穿大褂这位，把巴拿马草帽摘了下来，果然，干茄条似的脸上留着黑癣一般的一块仁丹胡儿。他冲周围人一撇嘴，鄙视地一笑："中国，武功的，不行。大日本，武功的，强！"

没人敢说什么，毕竟，北平人当时是亡国奴啊。

米杰三紧闭了嘴，看着眼前地上的小笸箩，面无表情，一语不发。

日本人转身要走，又冲米杰三比画了一个射箭的姿势，撇嘴一笑，说道："中国人，已经不会射箭了。中国，没有好弓箭，中国，没有好射手。古代中国的辉煌文化，现在，在日本；书道，在日本；剑道，在日本；茶道，在日本；弓道，也在日本！"

没人敢说话。

也不是人人都不平，有人心说："现在都用机关枪了，谁他妈还玩儿弓箭啊。"

米杰三忽然说道："这位先生留步。"

汉奸总算得到了耀武扬威的机会，大吼一声："叫太君！"

大褂日本人摇手制止了他，问米杰三："你还有什么话说？"

一书棚子的人的眼睛，都集中到了米杰三身上，好多人都替米杰三捏了一把汗。

米杰三好像什么也没发生一样，故意用常见的"生意口"的语气说道："货卖与识家，今天书场来了知音，我米杰三奉送一段书外书，分文不取、毫厘不要。这是一段十年前的往事，也是天桥的实事，先生留步听听，好了传名！"

日本人愣了一下，微微冷笑着坐下了，故意表现出了很好奇很期待的神情——旁边的汉奸已经把手放在腰间的枪把上了。

米杰三大喊一声："大家落座，众位压言。"

醒木一声。

听书的有的不想惹事，想走了，可是被"十年前天桥的实事"这几个字吸引住了，一想，他说都不怕，我听听怕什么，又坐下了。

米杰三说起真实的故事来，竟然比说传统的评书还好听！

下边，就是他讲的这个故事。

就在天桥跑马场，十年以前，曾经有过一次"国际"射箭比赛。那会儿"九一八"已经过了两年，日本人已经占了东三省，建立了"满洲国"。但北平，还在国民政府手里。好多日本人，都来北平旅游，还来做什么文化交流。

从日本来了一个射箭高手，叫石原九尾，要来和中国人比赛射箭。他说了，从中国的孔子时代，就讲礼乐射御书数，射箭为君子不得不学之一技。但是到了现在，书道，在日本；剑道，在日本；茶道，在日本；弓道，也在日本！他到中国来做文化交流，特地要会会中国的弓箭高手。

他在"满洲国"举行了五场比赛，每一场，都是大获全胜。您想啊，在"满洲国"的比赛，谁敢赢日本人啊。

他在关东军军部的支持下，又来到了北平。就在天桥跑马场，设了一个临时射箭场，要会会北平的弓箭高手。

那个时候，离清朝灭亡已经过去了二十多年，连满人都没几位练射箭的了，哪还有什么射箭高手呢？可还真有一位，愤然而出，应战了！可这位就是个拉洋车的。国民政府不想让他比赛，可是日本人还巴不得来个外行，赛得一败涂地，杀杀中国人的威风呢。于是，这场比赛居然就比成了。

赛场上，远远摆了一个箭靶子，上面是铜锣大小的一个红心。

石原拒绝比赛，要把红心涂成金色的，要不他不往那上边射。方方正正的一个白色的靶子，中间一个红心，那不就是日本国旗吗!

应战者说,我们中国千百年就是射这样的靶子,你要不敢比,可以不比。

石原说:"你!"

本来再将一军,石原就不得不射他们自己的国旗了,结果北平政府负责文化交流的官员说是怕引起国际争端,刺激日本军人,赶紧让人换了。

石原又提出要求,参赛的各国选手,就是他自己和那位应战者,必须要穿能代表本国传统的武士盔甲。

射箭这种运动,身上稍微有一点儿不舒服,对成绩的影响都很大。石原是自小就穿着自己定做的那套盔甲。而中国已经改朝换代,谁能穿着前朝的盔甲练习——怕是找都不好找,得麻烦组织者去故宫博物院借一套出来。

说好了,三战。如果都射中靶心,则靶心越画越小,看谁最后射不中。

石原是专门练射箭的箭士,那位应战者,只是个拉洋车的。

没想到,第一战,双中靶心。

石原:"你是干什么的?"

应战者:"拉洋车的。"

石原:"以前是干什么的?"

应战者:"还说以前干什么呢?"

那位官员又出来和稀泥:"文化交流嘛,干吗弄得这么僵啊,你就说说,以前你是干吗的?你怎么练的射箭?"

应战者:"我是清朝皇室的远支,到清末家里早就败落了。但是我们旗人,不都是提笼架鸟的纨绔子弟,我们家再穷,我也爱练弓箭,天天去箭场射箭。"

官员毕竟是国民政府的官儿,很是不屑:"那不跟提笼架鸟一样吗?都是玩闹。"

应战者只好不理他,接着说:"改换了民国,我们的活路更不多了,我就拉洋车了,直到现在。"

第二战,靶心小了许多,又是双中靶心。

石原:"你是高手!"

应战者:"不敢当!"

石原:"你知道我为什么要求必须穿本国传统的盔甲上赛场吗?"

应战者:"不过是给对方制造一点儿麻烦。"

石原:"错了,这是一种仪式感,你我之间,无论谁输了,都是自己国家的文化输了。你承受得了这个压力吗?"

应战者:"这场比赛,我必须赢了你!"

第三战,靶心只像茶杯大小,在远处几乎看不见了。

石原举了三次弓,又放下,最后一咬牙,一箭射出,偏了。

周围的观众欢声雷动,应战者面无表情,缓缓引弓向靶。石原忽然又抽出一支箭,搭弓,张满,恶狠狠地指向应战者的脑袋。

周围所有人都惊讶地闭住了嘴,那位官员,也不知道是没反应过来,还是故意不说话,什么也没表示。

就在那几秒钟,天地间静得一根松针掉落,都能引发一场地震似的。

应战者头都没歪，一眼都没看他，一箭而出，正中靶心。

周围还是死一般寂静。

石原定了一定，松开弓，双手托住弓箭，向交指挥刀一样，往前平端，同时向应战者深鞠一躬，说："我输了！"

周围立刻欢声雷动！

应战者把头盔一摘，递给那个官员说："这些，还是送回紫禁城去吧！"

时间回到十年后的天桥书场里。米杰三的书说完了，观众也没叫好，也没扔钱——他们都看着那个日本人的反应。

那个日本人问："后来，那个拉车的呢？"

米杰三说："中国的绝技，日本人当然不能再让中国人传下去。据说比赛这事各国都关注了，表面上不能把他怎么样，但是当天晚上，他就被一群人拉到黑地儿，打折了一条腿。不但射不了箭，连洋车也拉不了了。"

那个日本人笑了笑："好故事！我想知道，是不是所有的中国人被箭指着的时候，都能那么冷静。"

他忽地拔出汉奸腰中的手枪，指着米杰三："请这位先生跟我到兵营里去再讲一遍这个故事吧。"

书棚里，就像十年前的赛场一样，那么安静。

米杰三哈哈一乐："有话说与知音听，这段故事我十年没说了，再说一遍，又有何妨？"

他站起来，走下台子，轻蔑地哼了一声，就走了出去。到门口，回头冲众书座儿一抱拳："各位，书说至此，全始全终，咱们有缘再会。"转身走出了书棚。

日本人在后边跟着，这才发现，他走路是一瘸一拐的。

吊膀馆

小金鱼

木固琼

红宝

民国时北平的男人，没有不爱去落子馆的。

落子馆就是前清的坤书馆，都是一些十几岁二十几岁的大姑娘唱大鼓书，所以叫坤书馆。但是她们唱的和那些艺人在天桥"地上"唱的大鼓书不同，那些有的是唱大书的，一段《呼家将》要从头唱到尾，得好几个月。大概也没谁真的每天都去，从头听到尾，反正听到哪段是哪段罢了。

坤书馆里的大鼓书不同，她们唱的都是"短段"的。"短段"的就是从长篇大书里截出来的精彩片段，据说还有专门的人给她们写词，文雅点儿的像《层层见喜》《包公夸桑》，粗俗点儿的像《小寡妇上坟》《王二姐思夫》，曲调也和"地上"唱大书的大不相同，分为清口大鼓、小口大鼓、七音大鼓、文武大鼓等等，不一而足。

据说在清朝末年有言官奏了一本，说是坤书馆里的姑娘，唱的都是淫词艳曲，有伤风化，于是，皇上下令，在北京城禁绝了。禁绝是禁绝，那让这些吃这碗饭的姑娘，和吃这些姑娘的弦师、教习、房东、伙计，以至于地面上的闲杂人等，官面上的胥吏差人吃什么去？上有政策下有对策，于是乎，坤书馆改名叫落子馆；唱的，还是那些东西；唱的人，还是那些人，听的人，也还是那些人——反正一改名就没人管了。

其实，说是淫词艳曲，落子馆里的玩意儿比天桥"地上"，还是文明得多。不但没什么直接的黄色，连直白的脏字都没有。无非就是卖卖歌喉的同时，也卖卖色相。中国的男人这两千年以来都没有什么太多能跟女孩子接触的机会，换句话说，没有什么能公开欣赏甚至品评女孩子的美的机会。

封建嘛。那时候的女孩子们都是大门不出二门不迈的，偶尔在街上遇见一个，也是不苟言笑，低头快走。你想仔细看看她？你想让她给你展示展示女孩子们青春的身段、俊俏的鼻头或妩媚的笑容？美死你！

唱？好人家的闺女哪有开嗓儿唱的？

演？更别想，上台演戏的那叫优伶，倡优不分，懂不懂？那叫贱业！

所以落子馆里的姑娘们就都很有魅力了。一个小舞台，所有的姑娘——也许能有五六七八个——打扮得花枝招展的，穿着合身的旗袍，排坐在两边，这叫摆台。下边是两三张方桌，五六张条桌，围着坐满了欣赏者，用他们自己的话说，叫顾曲者。有的扇着画着名家书画的折扇，其实舍不得扇，就是摆谱；有的揉着带精细雕工的核桃，其实也舍不得揉，就是显摆；有的舍不得叫洋车，刚刚跑进来，一头的汗还没擦；有的打中午就坐在这儿，高声言语，毫不掩饰对某个姑娘的喜爱；还有背着画夹子的画家，穿着西服梳着油头的"小开"，哪个小工作坊的师傅，哪个中等或高等学校的老师……坐在头排的老者胡子老长，坐在后边的学生还不到二十。

男人嘛，无论老少，爱好都是一样的。

所以有人管落子馆叫吊膀馆。吊膀子，就是诱惑或追求异性，或简言之，就是调情。跟男女学生们的谈恋爱差不多，只不过，不见得以结婚为目的。

如果没人"点活",开场之后,这些小姑娘,或者说,这些大鼓妞儿,文明点儿说,这些"鼓姬",就一个一个地唱下去。如果有谁喜欢哪个姑娘,喜欢哪个唱段,可以单点。把手一招,旁边一位身着文化人的长衫,但面目很江湖的人就凑过来。你就跟他说,我想让那个穿红旗袍的姑娘唱。他就打开一柄扇子,那扇子上写的都是各人能唱的曲目,恭而敬之地请您点上一段。

点谁唱一段,是要单给钱的,而且每人价格不同。

不点,干听?一下午才花十大枚,一屋子才多少观众?一共才能收多少钱?再跟园子分,再跟弹弦儿的分,落到鼓姬手里才能有多少?没人捧,在落子馆里谁能吃上白面?

这种捧着扇子请您点的,叫"递活的"。这个角可不好来,一个园子能不能挣钱,全在这个"递活的"身上。您往屋里一坐,两分钟,他就得看出您爱看谁来,您身上有没有钱,您是不是"外面儿"的人,吃不吃捧,能不能"点活"。

台上唱了两段,还没人点,他就奔着那位熟客去了,脸上带着腻腻的笑,让你看着他卑微,别人看他还得挺体面。"二爷,"他低声笑道,声音低得别人听不见,但眼神往摆台的姑娘那边一扫,"今天您不捧红宝一段,她那段《王二姐思夫》您老没听了吧?"

这位二爷抬眼一看红宝,看见红宝也正看他,眯着眼一笑,或者小手冲他摆一摆,当作是打招呼。因为她在台上"摆台",也只能用这样小小的动作招呼一下,不能大动作,更不能说话。前边的姐妹正在努力地唱,正是要拼出一个喝彩声的时候,自己在旁边要是把喝彩声给搅和没了,可就招人恨了。

在生意场中,要招了人恨,人家不明着说,指不定后来有什么暗中的报复行为呢。

"好,"二爷也冲红宝挑挑眉眼,"就点一段《王二姐思夫》。"

"得嘞您呐。"老赵也心满意足地退下了,他可闲不住,站在一边,接着拿眼睛找下一个能"点活"的。

等台上这段唱完,老赵在台口一声喊:"有题目,桂二爷特烦红宝姑娘唱《王二姐思夫》。"

这位红宝姑娘就袅袅婷婷地站起身来,走到台中,等弹弦儿的坐好之后,慢启樱唇,冲大众,当然主要也是冲桂二爷说:"谢谢桂二爷,刚才是金凤唱了一段《妓女悲秋》,唱得不错,换上我来,伺候您一段《王二姐思夫》。"

这"思夫"两个字用一字一顿的重音说,就是所谓的"叫起板来",就是告诉弹弦儿的,我不说了,要开始唱了。果然弹弦儿的弹起弦子来,一连串美妙的"搓儿",就是迅速弹拨三弦的音乐声,立刻从那柄老旧的三弦中发出了。那柄三弦确实很老旧了,弦子鼓子里还带"胆",隐隐地有"当儿当儿"的声音,很有古意。这和红宝那娇嫩的嗓音正成了鲜明的对比,正是非常互补的"一套玩意儿"。

八月的这个中秋啊,人人都嚷凉。

一场这个白露啊,严霜一场。

小严霜单打呀,独根草。
挂搭扁儿甩子就在,荞麦梗儿上。
燕飞南北知道冷热,
王二姐儿在房中,盼想夫郎。
……

红宝一句句唱下来,把独守空闺的王二姐的凄凉寂寞、百无聊赖的情绪唱得低低贱贱,好像这要不是在落子馆里,舞台之上,简直就要自己动起手来似的。于是台下大部分观众,也就和那位桂二爷一起,欣赏着红宝姑娘的苗条体段。

虽然红宝姑娘很是投入,但大部分观众并不像王二姐在远方的丈夫那样,于她心有戚戚焉;也不像王二姐的邻居小伙,因偶然间看到她一个人在家而面红耳赤地偷窥。落子馆里的观众在欣赏她的时候,总是隔着一层,好像很明显地知道她是在"演";而自己也是演,演一个看客,还要等着在她卖力气的时候,大声地喊一声——"好!"

唐诗宋词中,有很多写闺情、春情的篇目。很多宫词,也是写皇宫内寂寞宫女的生活。据专家们分析,文人写这些,大多是为了反映战士在边疆征战之苦,或是社会的不平,阶级的矛盾使男女到不了一起。很少有人愿意承认,文人写这些,也是为了品味这些独居女性的欲望得不到满足,从而满足自己的欲望。

王二姐在房中正在左思右想,老赵在台下也在左思右想:是先让李经理点万艳欢呢,还是让王胖子点小花玉呢?

按说李经理正迷万艳欢，点是一定能点，也不用让她唱太费劲的。可是万艳欢昨天刚跟自己说完，李经理上次请她吃饭就直接动手动脚。她吃了不少亏，还得赔笑脸跟他喝酒，可他没什么其他的表示。"光是点唱这点儿钱，就想把本姑奶奶请到床上去，差点儿意思吧！"万艳欢跟自己说这句话得有三次，但肯定跟李经理没敢说过。今天如果再撺掇他点唱，万艳欢又得在台上给他好脸，他花了钱再有了野心，今天要再约万艳欢出去……万艳欢去是一定去，就是回来又得跟我翻哧。得了，我让李经理先稳一稳吧。

王胖子点小花玉？倒也不是不行。但是王胖子的心思太坏，他来落子馆捧人，不为捧艺，也不为捧色，好像就是来折磨人解闷儿的。上回点了一次，一挑就是最长的《百山图》，得唱个二十多分钟。好不容易唱完了，隔了一个节目，他又点了小花玉一个《南阳关》，也得唱个二十多分钟，中间还有二黄。把小花玉累得够呛不说，时间全占住了，其他的姑娘都得少点、少唱。坐这儿一下午，挣不着钱，谁乐意呢？

老赵正在为难，还好有人点手把他招呼了过去。他立刻拿上扇子，换上那职业性的腻腻的笑，凑过去，低声问："您有什么吩咐？"

"让那边第三个唱一个。"

"好嘞。"老赵把手边的扇子展平递过去，"她叫袁有福，唱得可是不错，唱《三国》段最拿手，您看看您想听哪一段？"

这主儿扫了一眼扇子，递过一块钱来，嘴里说："随便吧，没听过她唱，哪段都行。"然后马上接着说："《华容道》，让她唱《华容道》吧。"

"得嘞！"老赵接过钱，收回扇子，心中暗笑。估计这位连字都不认识，让他看也是白看。没听过她唱？骗鬼呢，以前肯定是来过，那眼睛在袁有福身上不知上下走了多少回了。

袁有福妆化得很厚，看不出岁数来，其实二十大几了，孩子都有两个了。正因为如此，她比较富态，该有肉的地方肉不少。大概这位大爷不爱幼嫩瘦弱，就喜欢这种丰腴成熟味道的。

其实你不点，该她唱的时候她也唱。看来这位今天终于想开了，打算花点钱先拉拉关系熟悉熟悉，明儿也带出去吃个饭。花了钱，不点题，又怕她唱得太短，自己就吃亏了。

"点活"的，谁是为听活呀，我的怯爹！

老赵脑子里过了这些，台上连一个腔还没唱完呢，可见老赵脑子快。他收回神，问道："这位先生您贵姓啊？"

这位穿一身平常的裤褂，姓倒是不普通，说："我姓福。"

"唉，福先生，您在旗啊，这姓真好，有福。"老赵说完，低下声故意神神秘秘地说，"她叫袁有福，跟您还真有缘。"

福先生咧开大嘴，无声地乐了。为了遮掩他心里的美，正赶上台上一个大腔唱完，大吼了一声："好！"

这一下午的时间就这么过去了。台上的姑娘，除了唱开场的那个十四五岁的小姑娘，已经都有人点了。有的人翻头唱了两回，没翻头的人，眼看时间过去，演出要结束了，也都有点儿着急，坐在台上，用眼睛找着四下的熟人，或者看谁的眼神在自己身上停住了，就拿眼睛跟他打个招呼。

只有那个唱开场的小姑娘，坐那儿一下午了，百无聊赖，又不能大动，又不能站起来走，目光空空地四下望着，盼着演出结束。

她刚才唱的时候，刚开场，台下只有零星几个人，还都拣后头坐。她知道，这都是没钱的，怕被"递活的"找上。虽然不见得一定要点，但坐在前边，又不肯多花一点儿钱，总是觉得丢人。

她是两个月前才被师父带出来唱的，其实还没出徒，水平当然也不高。她才十五岁，营养又差，面黄肌瘦的，身体也都没有发育好；个子也小，腿瘦得还没有天桥那些摆跤艺人的胳膊粗；穿的是师姐穿小了的旗袍，师娘随便给她改了改，也不合身，还是大。师娘说："得了，就这样吧，她还得长个儿呢，省得明儿再改。"

以她的生活和营养，能不能再长个儿还在两说呢。

老赵正在张罗着看看谁能再点一个，要是能做成让两位都点一位才好呢，唱一段，得两段的钱。这两位要是再一别别风头，你给一块，我非给两块不可，那就能得三段的钱——老赵这可不是空想好事，凭他这张嘴，凭他这点儿能耐，真赶上有钱又好面子的客人，能挣下四份钱来。

老赵忽然看见，坐在最后一排的一个学生打扮的人，冲他招了招手。

其实老赵早就看见他了，他是下午第一个来的客人，当时台下就他一个人，台上已经"摆台"了。他也就十八九，往大了说不过二十岁，文文静静，大概是直视台上的女人们不好意思。他坐了最后一排，还拿出本书来，趴在桌子上看书。老赵心说，他那心要有一刻在书本上，我都姓他那姓。什么时候看他，他都躲在书后边偷眼看着台上。

这是个雏儿，还没钱！老赵断定，能给茶钱就不错了，挣钱指不上他。

不但老赵，连台上"摆台"的姑娘们，大多都一眼就能看出这是不常来天桥玩儿的主儿，大概这次就是头一回。这样的主儿不经逗，稍微假以辞色往上一贴，不是吓跑了，就是爱迷糊了。吓跑了连一份钱都挣不着，爱迷糊了更难办。点你两回活，跟他吃两回饭，他倒是一点儿都不动手动脚，一点儿都不占你便宜，他就是要娶你！这多麻烦，清汤寡水的你跟不跟他？

看样子又不是什么阔人儿。

老赵看见他招呼自己，有心不搭理，又怕得罪主顾，只得凑过去问："怎么着先生，有事？"

那个穷学生说："那个姑娘就最开始唱了一段，后来就一直在那坐着，我听她唱得挺好的，怎么就不唱了呢？"

老赵立刻拿出了江湖的手段，虽然他知道挣不了太多钱，但是到嘴的鸭子也不能让它飞了。

老赵说："那孩子刚来没几天，没人捧，这一下午就这么干坐呢，也挣不着钱。确实看着可怜，但也没办法，没人听她呀。"

那个穷学生说："我听呀，我爱听她唱。"

老赵赶紧把扇面打开，放到穷学生面前，有意无意地，拿手划了一划"单点一段一元"那一句。

"您点一段吧。"

穷学生从包里拿出了一块钱，老赵笑眯眯地问："那您点她唱哪一段啊？"

穷学生要仔细看看扇面上的曲名，老赵把扇子一合："得嘞，我看出来了，您不是要听她唱，您是看她干坐了一下午，可怜这个小姑娘。您是好心人啊！我替您做主了，您再赏一块钱，我让她好好给您唱一段大的，今儿下午场就散了，咱们等晚场再见了。"

穷学生心里是很愿意帮助帮助这个小姑娘的，但又不只是帮她，他觉得她好看！那么清水出芙蓉，那么令人爱怜可亲近。

也许是他们年纪相仿的原因，跟她相比，其他那些姑娘都太妖艳了。其实那些姑娘也没艳到哪去，但是跟这个刚刚发育的小姑娘相比，所有成年的姑娘都有一股过于成熟的劲儿，何况这些姑娘还都穿掐腰旗袍、描眉画眼呢。

可是要再拿出一块钱来，对他来说真是有点儿困难。不错，他的包里还有个三块两块的，但那是他的全部家当。能来北京上学，已经是他们全家凑出的钱了。学费、路费、房费、饭费、杂费、生活费，每一项都像一座大山一样。

他们住在外边的公寓里，其他几个同学常去电影院、跳舞厅，还有的跟舞女交上朋友，带回公寓来。等他们离开以后，那些留在公寓里的舞女身上的香水味，他怎么闻都觉得刺鼻，但是又怎么都闻不够，不舍得让它们飞散。

在学校里，他也不敢跟女同学说话，在他的家乡，毕竟还是男女授受不亲、沾衣捋袖便为失节的。他也想如他们一样地生活,但他钱又不多,又不敢跟他们去跳舞厅,怕被人笑是土包子。后来,还是看大门的李二爷说:"木固琼,木先生,您老在屋里窝着,真窝出病来。不如啊,您去天桥玩玩。那里可玩儿的多了,什么都有。"

木固琼就这样坐着洋车来到了天桥。可巧一下车,就是一个落子馆,门口的水牌子上,那几个沾红带绿的名字就让他晕了,迷迷糊糊就进来坐下了。正赶上"摆台",好像这些姑娘都是为了他才上台坐着,让他欣赏的。

他更迷糊了,不但迷糊,还觉得刺激,还有一种从肾水里生出来的罪恶感。

木固琼抬头一看,那个女孩还在大眼放空地看着天,还打着小哈欠,好像一个等放学的高小女学生,简直就是美的化身。这种美,比不上皇宫的美,菩萨的美,四大美人的美,维纳斯的美;但这种美是他能够得着的美。好像这两块钱一花,自己和她就发生了一种奇妙的关系。

老赵笑着又逼了一句:"先生贵姓啊?这可是这姑娘第一次被人点,她跟您也是有缘。"

木固琼听到这里,把那一块钱又拿了出来,"我姓木,给您吧,唱什么,还是请她随意吧。"

"得嘞!"老赵心说,"她一共也就会那么两段,你要真点出来,她还真不一定唱得下来。"嘴里却说,"您心疼她,我看出来了,这些姑娘里,您就爱她。您跟我不一样,我都不爱,我就爱烧酒。一定得让她给您唱段拿手的,《层层见喜》!"

老赵随即走到台口,正好台上这一段唱完,他站在台口庄严宣布："有题目，木先生出双份，点小金鱼儿的《层层见喜》。"

不但其他的鼓姬吃惊，就是小金鱼儿自己也颇出乎意料。她赶紧慌张地站起来，整整衣服，走到鼓架子前，紧张之余，倒是没忘了四下张望一下，哪位是出双份钱的木先生。

那位木先生，好像脸比小金鱼儿还要红。但他好歹是男人，还是受过高等教育的大学生，努力支住自己的脖子，不让自己的脸垂下来，让自己和她有个四目相对的机会。

但是小金鱼儿根本没看到哪位是木先生。

两旁边摆台的鼓姬们，有的已经起身了。按说一场演出没完，就起来下台，太不给同台正在唱的姐妹面子，但既然最后的时间被这个小孩子占了，下边坐的客人有的已经暗示相熟的鼓姬"走啊，吃饭去"，那就就坡下驴地偷偷溜了。两边的椅子已经空了几把。下边的客人们也纷纷蠢蠢欲动，准备结束这半天的消遣。

弦响了，小金鱼儿的娃娃音在丝弦的伴奏下翻着高儿地出来了：

　　山长青云云罩山，
　　山长青松松靠庵。
　　庵观紧对藏仙洞，
　　洞旁松柏甚可观。
　　观则见观音堂盖在山中间，
　　洞下水响雷一般。
　　……

说实话,她根本不懂自己唱的词是什么意思,就是师父怎么教,她就怎么学。动作也很死板,表情也很僵硬。就是师父让在哪儿用手指一下,就指一下,让在哪儿笑一回,就笑一回。这些都是记得很清楚的,因为好几个地方记得不准,都挨过打。

但在那个年代,一个十五岁的姑娘,甚至是一个内向的姑娘,打扮起来,出来给一群老爷们表演,那就是最美的艺术,最迷人的艺术!假如某个自命风雅的诗人或书画家在现场,一定给她挂块"色艺双绝"的匾。

那是她的年龄恩赐给她的。

她这一唱,观众们本来站起来想走的,都站在了当地。木固琼也从后排走到前排来了。这是她给他唱的,是他花的钱,她收了他的钱,她给他唱了!

木固琼自己觉得,已经完全爱上她了!

唱完了,小金鱼儿颇收获了些喝彩。"递活的"见木先生痴迷,赶紧过来"开道儿":"她是女艺人,您是大学生。您是第一次来吧,就点了她了。她也是这辈子第一次让人点啊!您就是她的贵人,这是一段奇缘!您听我的,您花五块钱,请小金鱼儿吃个饭,你们多聊聊。你们都是年轻人,可聊的多!这叫知音。明儿就让她给您唱《摔琴谢知音》!"

木固琼听了这几句,仿佛脚已经踩上了棉花,心中一片空虚,不知道说什么好。呀!她冲我笑了!

小金鱼儿毕竟年纪小,唱完了,成功了,她倒是知道冲花钱的主儿笑笑。可是接下来该怎么着啊?她不知道了。她站在那小舞台中央,不知所措。

109

下一个出来说话的,居然是那个姓福的。

那个姓福的本来想散场之后,约那个叫有福的鼓姬吃饭,但是能不能约出来,他心里也没底。看了瘦弱而娇嫩的小金鱼儿的表演,他一下就把那个有福扔在了脑后——他也是能欣赏这种稚龄的美的。你看古书上的绣像,琉璃厂挂的美人图,古典的中国美人都是弱不禁风的,入了民国,受了外国人的影响,月份牌上的美女才都富态起来。

可见这位姓福的不但能赶时髦,而且颇解国故。

他直接走过来,对老赵说:"没想到,你们这儿还藏着这么个宝啊!往这儿一站,就是角儿的坯子。我请客,今天晚上华北楼,老赵您作陪。"

老赵也没想到,赶紧对付:"头一天您听她唱就要约她吃饭,那真是赏她脸了。可是呢……"

"她妈不乐意?"

"她没妈,就是师娘。"

"她师娘不乐意?"

"倒不是不乐意,她岁数太小,跟客人出去吃饭不太合适。"

"吃个饭,有什么不合适,让她师娘也跟着!"

嚯,越说就越来劲了。

老赵肯定还得拦着,甭管什么姑娘,想约出去,得先聊好了,花多少次钱,还得看面子。哪能这么生打硬要?妓馆里也不行啊,何况这是落子馆,是演出场所。

老赵脸上又堆上了那种特有的笑容,拿木固琼来当挡箭牌:"人家点的唱,还不知道人家想不想约,您这么直接约,这有点儿不合适……"

木固琼想到自己口袋里的两三块钱，想说我不约，又说不出口。其实他是真想把话接过来说"我约"，可是他觉得那样太唐突佳人了！这么好的女孩子，哪能随便就约人家吃饭呢，显得自己多有目的呀！她这么单纯幼稚，还是孩子呢，约跳绳还差不多，约什么交际吃饭呀！

姓福的想都没想就给老赵扔过来一句："吃饭单说，我给这位姑娘的师娘买点儿什么也单说，给您十块钱，您买点儿酒喝怎么样？"

老赵想都没想就给姓福的回了一句："我看就这么着了，这孩子她师娘那里我去说去。"

木固琼大着胆子说了一句："你们不问问她自己乐意不乐意吗？"

老赵和姓福的都转过脸来看。老赵心里高兴，就愿意看见捧角儿争风的，谁占上风，自己都能多挣钱。姓福的没想到这个穷学生样子的青年会跳出来横插一杠。

木固琼见他们都没说话，以为自己的仗义执言起了效果，于是镇定了一下心神，刚要把自己在学校中学到的有关男女平权的知识给他们普及一下，这位姓福的一回头，穷学生大吃一惊："校长？"

原来这位姓福的止是平等大学的校长，而且他不光管校务，还兼给学生做讲座。他做讲座时最爱讲的，就是提倡全民平等，倡导女性独立，女性应受教育，甚至呼吁女性应有参政之权利。

木固琼颇听过几次他的讲座，受他的影响不小。

福校长并不认识这个学生,但被自己学校的学生在落子馆里"抓住",甚至还要争起风来,终归是不妥当。万一被哪家小报的记者看见,明天一见报,《师生共捧一鼓姬,因约会问题大起争执》,对自己的声誉大大有损。于是,福校长要先安抚一下自己的这位学生:"你是平等大学的学生吗?呵呵,我是最爱上天桥来的,和平民打成一片,研究平民的喜怒哀乐,这对于我的社会学研究大有益处啊!你是哪个系的,今天没课吗?"

福校长怕学生闹起来,木固琼更怕校长对他有德育方面的差评,万一毕不了业,可白花了父母的血汗钱。于是木固琼立刻把新发生的爱情萌芽抛在九霄云外,唯唯诺诺地说:"有课……不,没课,我请病假了,我不大舒服……我先走了。"

福校长一眼就看出来自己占了上风,巴不得他赶紧走,伸手一挥,木固琼几乎是抱头鼠窜一样跑了。老赵在旁边,心说:我这个老江湖"输眼"了,愣没看出来这位木瓜脑袋是个大学校长,这不是耽误生意嘛!

小金鱼儿还是单单薄薄地站在台上,大眼睛左看右看,看着这几个谈着自己的男人,不知道该怎么办。又有人点,又有人要请吃饭,按说是高兴的事,应该高兴嘛,可心又跳得厉害,很紧张,这又是为什么呢?转头找找师娘,师娘还没在屋里,不知道干什么去了。弹弦儿的也解开假指甲拿着弦子下后台了,根本跟他也没关系。两边的椅子都空着,师姐们早都走了,台上空空荡荡的,只剩了她一个。

一件大衣

于今晓

盛区长

年大爷

于爸

于今晓今年还不到二十岁，但她真觉得自己已两世为人，赶上了好时候。

她在天桥这个地方活了近二十年，摸爬滚打了近二十年。小时候什么苦都吃过，什么罪都受过。固然，她也挣过点儿钱，也风光过一时半会儿，她还能穿得上漂亮的旗袍，甚至还能戴得起首饰，还住过三进院子的大宅门，给一个做金融的资本家当过小老婆……但是她觉得，只有现在的这个她，穿着粗布小花褂子，穿着布鞋，重新把烫卷了的头发编成两条大辫子的她，在街道上组织的妇女缝纫班上认真学缝纫的她，才是真正的她！

这是一九五一年的三月间，春风虽然刚刚吹到，但是天气已经不冷了。

天桥已经解放了，按前年二月解放军进城的时间算，天桥，已经解放了两年了，这个自己曾经最熟悉的地方，发生了天翻地覆的变化，简直让自己认不出来了。

万象更新！

刚一解放，共产党就给天桥外五区的区公所派来了工作队，头一件事，先把天桥那些快比城墙还高的多年的垃圾清理了，用煤灰垫起了三条人行道。

不许再有倒卧，不许再饿死人。给穷人发棉衣，发小米，冬天还发给买煤的钱。

人人都有活干，人人都有奔头，有干劲，再也不是熬一天是一天，或者混吃等死了。

于今晓立刻和自己的所谓丈夫分开了，回了自己的家。当时，新《婚姻法》还没有颁布，于今晓还不知道怎么和他离婚。

她不到十六岁就被他从落子馆接出去娶了,那时候,她连成年人都不算,连个儿都没长起来呢。

她糊里糊涂地在那个家待了两年,大太太看她太小,什么都不懂,都懒得理她,更懒得骂她。她虽然能吃上饱饭了,也不用再去唱大鼓了,但是她并不高兴。

解放了,她听了好多宣传,知道人民的救星来了。而自己,就是人民的一员啊!

于是,她就回了自己家,除了身上的衣服,丈夫家什么也没让她带出来。

等她回了家,她告诉她爸爸:"我从那家里出来了,不回去了!"

她爸爸让她进里屋,她进去一看,坑上坐着一位"半老徐娘",那是她的妈,她那在火坑里好多年的妈,于岳氏。她立刻扑上去,娘俩都落泪了。

前些年活不下去的时候,她妈妈自己去了天桥的三等妓院,当了一个"自混"的妓女。虽然平时偶尔能回来,她也不愿意回来,存一点儿钱就让她爸爸拿回来吃用,每次都专门给她,她唯一的小女儿,买点儿小东西吃。

她知道妈妈特别想她,但是妈很少回来看她——她怕女儿瞧不起她,更怕她懂事了,要给她解释自己做的工作。

又过了几年,于今晓大点儿了,靠爸爸的努力,还是养不活这么个姑娘。她爸爸能把自己媳妇送到妓院里去,总不能再把自己的女儿也送进去。于是,他找了个教唱大鼓的师父,把女儿"写给"了他,给他当徒弟,学唱大鼓。

在那个年代，这行虽然也是下九流，总比直接去窑子强啊。

这次，姑娘回来了。正好，现在世道还算稳定！她爸爸是这么想的：天桥"地上"也好，落子馆也好，甚至杂耍园子也好，买卖都还不错。接着拿起鼓槌子，唱吧。

"地上"的买卖不错，而且现在那些恶霸地赖都小心翼翼地不出来，偶尔遇见，居然能看见他们点头哈腰地朝艺人打招呼。现在大概他们不会去场子里欺负人了。

落子馆现在干净多了，不"摆台"，就是好好唱，好好听，没有那些吊膀子的事了。

虽然这几年她没唱，但是听她嗓子更好了；而且，在大宅门里两年，总算学了不少上层人物的行动举止。这气质，这身份儿，不再是头几年的黄毛小丫头了，上杂耍园子唱没问题。说不定能红呢。

正好关闭妓院，媳妇也回来了，可以在家收拾屋子做做饭，也可以去给女儿当跟包的。女儿有妈跟着，好歹出不了事。

于爸爸没想到，跟女儿一说，女儿横下一条心，打死不唱了！

现在已经解放了，妇女已经翻身了，我们能用双手吃饭，跟男人有一样的权利，凭什么还去唱大鼓，伺候那些老爷们，陪他们吊膀子？

我妈也不能光在家待着，她还不老，她也应该学个手艺，自食其力！

于爸爸还没明白女儿说的是什么，她已经死说活说拉着她妈跑了出来,在街道上办的缝纫班报上了名。

虽然于今晓满怀信心地要开始新生活,但是她能干什么,其实她自己也不知道。女人嘛,可能也就学个缝纫最合适吧?

虽然是学缝纫,她学得还真是带劲。妇女干部说:"这里学的缝纫,不是简单的缝缝补补,而是真正的手工技术,学得好的,可以当裁缝,还可以进工厂当女工人。"

当工人!于今晓太高兴了!她学了好多革命理论了,工人阶级是领导阶级,女人也能进工厂当工人了!

还不是资本家的工厂,是国家的工厂!

相比较而言,她妈妈就不太上心。毕竟都四十多岁了,都快成老太太了,没太多勇猛精进的心气儿。

今天周末,老师休息,别的妇女也没来,只有于今晓来了。她来找妇女主任,复习一下前两天学的手法,也和她聊聊天。妇女主任就住在街道办公室旁边,周末也基本都在办公室度过,有点儿以单位为家的意思。

两人一边聊天一边练习,缝纫机踩得起伏有声。旁边桌子上还摊着绣了一半的红旗。

外边有人叫门:"于今晓在这儿吧?"

于今晓答应了一声:"在呐!"妇女主任已经迎了出去,把于岳氏迎了进来。

虽然是周末,办公室的门也没关着,但妇女主任一听就是于岳氏的声音,知道她有点儿恐惧和别人交往,甚至恐惧出门,恐惧来公家的地方;于是,她出去,把她拉进来。

"进来坐坐!"妇女主任笑着说。

于岳氏有点儿不好意思："主任好，我来找闺女，她又给您添麻烦了。"

主任说："哪的话！她愿意多学多练，这是好事啊！"

于今晓见妈妈进来，有点儿感到意外，因为平时她拉着她，都把她拉不到这儿来。她也知道，妈妈怕别人看不起她，连带看不起自己这个当闺女的。

于今晓问："妈，您怎么来了？"

于岳氏看了看主任，主任说："有什么不方便说的……要不我先出去走走。"于岳氏赶紧说："没有没有，您坐着。"然后下了点儿决心似的，才对女儿说："你年大爷又来了，拉着你爸爸喝酒，有的没的，老是撺掇你爸爸让你再出来唱！"

于今晓一听"年大爷"这三个字，就知道是这么回事。她气得小嘴鼓鼓的，恨恨道："有他什么事！"

于岳氏说："唉，他就爱多管闲事，他说你嗓子不错，模样也好，就要红了，结果嫁人了。"

于今晓就不爱听这些话，尤其还当着人，她嗔怒道："妈！"

主任笑道："没事，你看现在，不还是个前程远大的好姑娘嘛。"

于岳氏说："年大爷说呀，这回一离开刘家，借着大公司董事长姨太太下海这个题目，再加上你这个年纪、这个模样、这个嗓子，就能火！"

于今晓嘟着嘴说："妈您也是这么想的是不是？"

于岳氏说："妈还不是为你好！"

主任在一旁打圆盘儿："唱就唱呗，群众要是欢迎，你就去唱，怕什么！我都没听你唱过，你要是再上台，我都要去欣赏欣赏。"

于今晓说："主任！我是绝不再上台唱大鼓了，下九流，跟……"她看了一眼她妈，把"妓女一样"四个字吞了回去。

于岳氏叹了口气，说："哪个当妈的不心疼闺女啊？可是这回你爸爸喝得有点儿多，让你年大爷给说服了，刚还说要找你来，一定要让你唱呢。"

于今晓感到意外："他要上这儿来？"

于岳氏说："你年大爷还拱火，说他不敢来街道。你爸爸喝点儿酒就上套儿。我怕他真来，你没心理准备，我就先来告诉你一声。"

主任对于今晓说："你看你这妈多好，以后可不准跟你妈发脾气。"转身对于岳氏说："没大事，您放心。让他们父女俩说开喽，我们街道也帮着做做工作，今晓她想去唱大鼓就去，不想去，也不能强迫呀。"

这时外边传来一个男人的声音："有人在呀，我进来啦！"

随着声音，一个并不甚魁梧，但是脸带刚毅的男同志走了进来。他得有四十多岁了，身上的中山装已经磨得泛白，但还是很笔挺。

主任赶紧迎出去："盛区长。"原来是天桥区的副区长盛同志。

盛区长跟主任打了招呼，说："我去区上办事，回来路过你们这儿，一看，门还开着，周末还加班呢。哟，这不是今晓吗？你们这是？喔，绣国旗呐！"

"今晓来练练缝纫，她可有干劲呢！"主任夸赞道。

于今晓腼腆地说："我以前没做过针线活，学得不好，就得多练练。"

主任指着于岳氏说："这是今晓的妈！"

盛区长说："您好您好。"

于岳氏点头哈腰地"哎"了几声——区长啊，多么大的官，跟我一个老太太说"您好"！

盛区长说："今晓，我找你还真有事，今天碰上了，那就今天说。你也别学缝纫了，你还得唱。"

于今晓愣了一下，她没想到区长也说这个事。盛区长接着解释道："好几位同志向我反映，你的革命干劲很足，而你以前又是有名的女艺人，我想我们现在正需要好的文艺工作者做宣传工作，应该把好钢用到刀刃上啊！"

于今晓委屈地说："怎么您也……我不唱！我好不容易不当姨太太了，你们非让我去重新当下九流吗？"

盛区长笑了："于今晓同志，你学习得还是很不够啊。在我们的新中国，文艺工作者——就包括你们唱大鼓的，是人类灵魂的工程师……"

于今晓一皱眉头："灵魂？我现在不信有灵魂了，那是迷信！"

盛区长和主任看着这个可爱的姑娘都笑了："这么说吧，你用唱大鼓的方式，可以使群众在欣赏艺术的同时，又能接受我们的革命宣传，能潜移默化地改造他们的思想，让他们的思想越来越先进。"

主任说:"对呀,当个文艺工作者,很光荣呢!我们在陕北的时候,连毛主席都很重视文艺兵呢。"

于今晓觉得说不明白,都要急哭了,说:"区长、主任,你们不懂我们这一行,干这行的,都是下九流,没好人。"

于岳氏觉得女儿这么说话不妥,但她在心里张了几回嘴,终归不敢在"大官"面前拦她说话。

盛区长脸色倒凝重起来,说:"过去干哪一行的,都有坏人。有钱人也不见得都坏,穷苦人也不见得都好。唱大鼓这行我虽然不懂,但我原来也算在天桥撂过地,知道一点儿。"

此言一出,在场的三位女性都十分好奇。于今晓嘴最快,抢先问了一句:"您也撂过地?您柳什么的呀?"

盛区长没听懂:"什么?"

于今晓才反应过来区长不懂行话,赶紧改嘴说:"我是问,您当初是唱什么的?"

盛区长哈哈一笑:"我呀,什么也不会!小时候我就长在天桥,家里太穷了,我妈快病死了,没辙,我就在天桥跟着个要饭的混。他能唱数来宝,能比别的要饭的要得多一点儿,我那会儿才十四五岁,糊里糊涂就拜了个师父,学了半段数来宝。"

主任说:"怪不得彭同志让您来当天桥区的副区长,您太懂天桥了!那您是怎么参加革命的呢?"

盛区长也不太想回忆当年的苦难,就三言两语地把他的历史大概说了一遍。

原来,盛区长小时候,跟着那个要饭的卖艺。那个要饭的心坏了，见天桥桥头有招兵的，就骗他去当兵，把该给他的安家费都拿走了。他想去找他师父理论，但是已经进了营盘，就身不由己了。

盛区长在旧军队里混了两年，也打了几仗。那时候军阀混战，他的部队被不停地收编、改番号、整编。后来到了国民党北伐的时候，他正好加入了叶挺独立团。就是在那个时候，他明白了只有共产党才能救中国，就加入了中国共产党。后来又跟着红军去了陕北，这回又跟着解放军进了北京城。

盛区长说："这样，我就回到天桥来工作了。咱们还算半个同行呢。"

于今晓说："我愿意当您革命工作的同行，不愿意当您天桥卖艺的同行。"

于今晓的话把盛区长和主任都逗笑了，只有于岳氏在旁边暗暗担心女儿要把"官面儿上"得罪了。

盛区长说："我对天桥的艺人们确实不太了解，还希望你多给我讲讲呢。"

于今晓真想把天桥的黑暗，旧社会对唱大鼓的女孩子的欺压都说出来，可是她说不出口，也不知道从何说起。

她想了又想，实在不知道怎么说，于是只能说："我就是不想唱了。"

盛区长说："于同志啊，我跟你说说我的想法。现在，正是建设新中国的关键时刻，大家都在用各种方法积极宣传党的政策，可是，编什么节目都没有你们曲艺快。我们在陕北打仗的时候，中午发生的事，下午文工团员就能编成快板唱出来。现在进了北京，我们应该用北京人爱看的形式，

125

很好地表现出来。但是我了解的一些老艺人，受旧社会的影响比较大，一时还达不到我们的要求，我们就希望年轻人，尤其是在旧社会受过罪的年轻人，快快成长起来。我第一个就想到了你！"

于岳氏总算搭上了一句话："她爸爸倒是想让她接着唱。"

"哦？"盛区长很感兴趣，"你爸爸也是艺人？"

于今晓就不爱提自己那个爸爸，她又不得不说："说相声的。"马上又补充："可落后了，每天就知道喝酒。别的不说，现在正在扫除文盲，不识字的都要识字。连我妈都跟我一块上夜校了，可我爸爸就不爱来，说影响晚上的演出。"

这时门口一阵小乱，两个四五十岁的男人一前一后走进了院子。听声音，于今晓暗暗叫苦，正是自己的爸爸和他的搭档，那位"年大爷"。

于爸爸身带酒气，往里走，故意用很大的声音说："今晓在这儿吗？"

年大爷在身后跟着，假平事、真拱火："你得跟孩子好好说，别来不来就发火。"

二人进屋，见屋里有四个人，一愣。主任赶紧介绍："这位是咱们区的盛区长。"

于爸爸"怯官"，见着当官的就说不出话来。年大爷倒很机灵，过来就跟盛区长握手，连连点头说："您好区长，我认识您。"

"您认识我？"盛区长很奇怪。

年大爷揭开谜底，同时又想变着法儿地夸他一下，"您给我们讲过课呀。那课讲得!《旧艺人的社会主义改造》,绝对讲得是天花乱坠,死人都能让您说翻了身,您简直是……"他实在没的夸了,高挑一个大拇指,"说学逗唱,您都占齐了!"

盛区长说:"谢谢您呀,我们工作做得不够的地方,您也得多提宝贵意见。"

于爸爸借着酒劲儿,也要发表一下意见。他看年大爷都能在大官面前侃侃而谈,说不定来个"上人见喜"呢,自己怎么也不甘人后呀。

于爸爸说:"我倒真是有点儿意见。"

盛区长说:"您说。"

于爸爸说:"我们做艺的,把唱儿唱好,把弦子弹好,把相声说好,就行了,给我们办扫盲班,让我们学写字干吗用呀?又点灯熬油又耽误买卖!"

盛区长还没说话,年大爷就把话接过去了,他一通数落于爸爸:"你说你,这么大岁数了还这么没出息。咱们学文化多好啊,识字班那老师教得也好呀,以后看报不得认识字?写新节目也得认识字啊!谁愿意当睁眼大瞎子啊!必须学识字……"

年大爷看见盛区长和主任都露出了赞许的表情,一高兴,露出了狐狸尾巴,跟盛区长商量道:"那什么,算术就免了吧。我们又不当会计,学那玩意儿干吗?"

盛区长和主任同时"嗨"了一声。

是不是跟说相声的说话,每个人都容易变成说相声的语言风格?

盛区长说:"一些基本的算术知识还是要学的,要不然,以后你们挣了钱,连算账都不会。你们都是天桥的老艺人吗?"

年大爷说:"'老'不敢当,在天桥三四十年了。"

盛区长说:"那你们知道一个叫霍青松的老艺人吗?"

于今晓抢着说:"知道,霍师爷。"

盛区长问:"他是你师爷?"

于爸爸说:"按辈儿论是她师爷,但是没教过她。"

盛区长问:"他是演什么的?"

年大爷说:"弹弦儿的。"

于今晓问:"他怎么了?"

盛区长说:"今天市里刚跟我说的。现在正在抗美援朝,我们的志愿军在朝鲜打得很艰苦。国家要组织入朝慰问团,去朝鲜前线慰问志愿军战士。前线嘛,演曲艺最方便,要动员一些有影响的曲艺艺人,成立一个曲艺服务大队,其中就有他。在赴朝学习讨论会上,让他们谈话的时候,大家都谈了好多,他也谈了好多,很有积极性,很愿意去慰问志愿军……但他提出了一个让领导很奇怪的问题。"

主任问:"什么问题?"

"他要求在发服装的时候,多给他发一件大衣。"

"大衣?"

盛区长说:"对,大衣,棉大衣。团部的几位领导都觉得这个要求不合理,这已经春天了,越来越热,他要求发棉大衣干什么?"

年大爷又甩开了片儿汤话:"按说不应该呀,他挺明白一人呀！哪能够瓦共产党……不是，占党的便宜啊。"

于爸爸说："是不是他……"

盛区长说："就算是他不想去，也不应该找这么个理由，说不通啊！"

于今晓直截了当地说："霍师爷不是这样的人。区长，他就住旁边，您应该直接找他问问。"

盛区长说："上级也是这意思。那就把他请来，谈一谈。如果实在不想去，也可以不去。"

"我去找他。"于今晓这句话还没说完，已经小燕子般飞跑了。

盛区长指着于今晓的背影对于爸爸夫妇说："你们这个女儿真好！"

年大爷还在给霍青松上眼药："大概他是嫌给的钱少，拿这件棉大衣折折价。"

主任不爱听年大爷说话，说："我也去看看吧。"主任也出门了。

片刻之间，于今晓和主任就带着霍青松来了。霍青松五十多岁了，但是看得出来，身体不错，脸型很古怪，一看就是一个"各色"的人。

盛区长还没说话，这位老人就快步上前，来到他面前说："您就是区长吧？"

盛区长说："对，我姓盛。"

霍青松说："区长您好，我要求的那件大衣，组织上同意了吧？"

盛区长说："我就是为这事来的。"

129

霍青松歉然一笑："还让您跑一趟。在弹弦儿的里边，我是个老资格，也有一点儿名气。但我这些年实在是挣得不多，虽然现在解放了，但我们家里还真拿不出一件棉大衣来。"

盛区长问："您要棉大衣做什么用呢？天又慢慢热了。"

霍青松忽地失去了"嘎嘣脆"的英雄气概，半晌说："您就别问了，我有用。"

盛区长说："不成就等回来吧，一个慰问团那么多人，就给您一个人搞特殊也不好，等回来天冷了，我们给您想办法解决。"

霍青松打断说："不，我是要带到朝鲜战场上去！"

此言一出，各位全愣住了，只有盛区长好像知道他要说什么似的。霍青松就发表了他的感言："要说怕死，我是最不怕死的。十几年前，我在二道坛门旁边，本来要上吊了，是一个小兄弟把我救了。他告诉我，白白死了没有价值，人只有一条命，要死也要死于国事。那个小兄弟第二年就死了，但是他写的救国的歌，咱们现在还在唱着。就因为死了无数这样的人，新中国才真正建立了起来。可是美国人不让咱们好好活，咱们就得去朝鲜战场上跟他干！日本鬼子咱们能打跑了，美国鬼子也让他好受不了！可是，美国人的飞机厉害呀，说是一下就能来几百架，一炸就能炸一天，能几个小时就把一个城市炸平了！说美国飞机飞得那叫低，能把你的帽子抓走，咱们有飞机吗？太少了吧。可我迎着美国人的飞机去战场上慰问志愿军，我怕吗？我不怕！人生自古谁无死，我愿马革裹尸还！"

盛区长好像明白了什么，问："那您要这件大衣是……"

霍青松说:"我可不是灭自己威风,我这样的到了朝鲜,很可能就回不来了。那我也要去!死在战场上能怎么着啊?能要棺材吗?古人说马革裹尸,用马皮把尸体包裹回来……"

说到这儿,霍青松忽然想到了什么,问盛区长:"领导是不是误会我了?"

盛区长说:"我去市里的时候,廖团长亲口跟我说,这些老艺人没上过战场,他们认为这是去过生死大关,很多人都做了牺牲的准备,抱了必死的决心去慰问我们的战士。他让我来核实一下,看看是不是这么个情况。"

霍青松说:"我们大鼓里有词'忠义名标千古重,壮哉身死一毛轻!'"

盛区长说:"您这种态度值得鼓励,但是,也不要思想负担太重。大家都说,你们传承的是国粹和国宝,一定要把你们保护好!而且也不是说去就去,你们还要学习防空常识、进行军事演练呢。"

霍青松激动地说:"好!太好了!什么时候让走,我说走就走!"

于今晓忽然问:"朝鲜战场上还能唱大鼓?"

盛区长说:"越是我们民族的文艺形式,越能鼓舞我们战士的士气!"

于今晓问:"还能报名吗?"

盛区长慈爱地看着她说:"第一批人数有限,以后还会有第二批、第三批。"

于今晓说:"那我先报上名,下次一定得去。"

盛区长问："怎么？同意唱大鼓了？"

大家都笑了，在旁边，年大爷又说起了便宜话："唉，你这孩子早听大人话，多好！"

于今晓不给年大爷面子，回了一句："年大爷，那您报不报名？"

年大爷立刻唯唯诺诺地说："去的人也不能太多了。"

本来不说话的于岳氏再也忍不住了："你老有的说！"

大家一笑，年大爷也觉得怪不好意思的。

这个时候，主任跑进屋来，兴奋地说："金鱼池那几个臭水坑修成了人民公园，群众在庆祝，游行队伍过来了，你们来不来扭秧歌？"

一屋子人哄然叫好，都争先恐后地往外走。

那个时候人们都很向上，遇见事都很兴奋，精神面貌极佳；城市里好事一件接一件，动不动就游行、庆祝、扭秧歌。大家都能把自己全部的身心，投入到欢快的秧歌中去。

他们出来的时候，外边的街道上已经成了欢乐的海洋，像一股洪流，往前涌去。中间有腰缠红布的秧歌队，两旁边都是自发扭着秧歌跟着队伍往前走的群众，他们跟着整齐又欢快的鼓点儿齐唱着：

　　解放区的天是明朗的天，
　　解放区的人民好喜欢。
　　民主政府爱人民呀，
　　共产党的恩情说不完。
　　……

《天桥六记》剧本

第一幕　救母

时　　间　二十世纪二十年代中期的一个冬天
地　　点　天桥艺人撂地的场子里

人　　物

聂黑子——四十多岁，唱数来宝要饭的，人精。
狗不剩——十四五岁，聂黑子的徒弟，有点儿呆呆傻傻的。
李大刀——四十多岁，练武术卖艺的，粗鲁。
张铁山——四十多岁，招兵的，损德。
观众若干。

【一个寒冬的中午，天桥艺人撂地的地方。舞台一边堆着几条用铁链锁住的板凳。有两条板凳放平了，上边各坐着一个人——李大刀和张铁山，穿得还算暖和。正在聊天。

李 大 刀　妈的这天儿，滴水成冰。
张 铁 山　这哪他妈有人呀？
李 大 刀　今天做艺的又不好混。师弟，你给哪个大帅招兵呢？

张 铁 山　我哪知道。

李 大 刀　你招兵你都不知道？

张 铁 山　张大帅打王大帅，李大帅打赵大帅，我也不知道是给哪个大帅招的兵。看，就在天桥桥头，那个"招募"的旗子下边，我招了人，就送到那去。这年月，当兵吃粮也是条出路。

李 大 刀　是条屁出路，反正经你手招走的人不少，我再也没见回来过。

张 铁 山　他回来不回来我不管，我先挣钱再说。

李 大 刀　你回来跟我卖艺吧，别老干那缺德事。

张 铁 山　怎么是缺德呢，我这是为世界和平。

李 大 刀　真孙子。

【聂黑子穿着一身孝袍子，拿着一对牛胯骨，带着小徒弟狗不剩走上台来。两人都是破衣烂衫，冻得要死。

【聂黑子一见李大刀在这儿，一愣，打着牛胯骨就唱上了。

叫各位，听明白，
缺德老鸹本姓白。
白老鸹，叫椿香，
生个儿子是赖秧。
她的儿子不争气，
娶个媳妇真美丽。

135

也爱财，也爱玩儿，
天天晚上让她爷们造小孩儿。
一日两，两日三，
她的爷们上了西天。
白老鸨子真个别，
她让儿媳妇把客接。
东洋客，西洋客，
世界各国上她家里全摆阔。
……

李 大 刀　哈哈哈哈，好词，就这么唱，全北京给她扬去，我就不信，气不死她。我们就是先出来聊聊天，妈的这天儿，在屋里比在外边还冷，好在这有太阳。你先干着，不碍事的，我们还是两点。

聂 黑 子　唉。

【聂黑子招呼狗不剩去把凳子摆开。自己过来跟两位搭搁话。

张 铁 山　这怎么个意思？

李 大 刀　这是聂黑子，唱数来宝要饭的，想在天桥这卖艺。他哪儿租得起正地啊，正好有个老鸨子是我的仇人，黑子上前门大街唱买卖家，顺带把这老鸨子的臭事编成数来宝，大家还都爱听，我也出出气。

聂 黑 子　您这也是给我添产业，加个段子。

李 大 刀　我就让他在我这地上沾光，每天我来之前，我走之后，归他演，不要钱，他给我收拾收拾就成。

聂 黑 子　那是，每天都收拾得干干净净的。

李 大 刀　这是我师弟。

聂 黑 子　（行了礼）您在哪块地上干呢？

李 大 刀　他呀，给大帅招兵呢。

张 铁 山　（看出聂黑子的想法，嘿嘿一乐）你甭害怕，招兵也不招你这样的，老棺材瓤子，还冒充孝子。

聂 黑 子　我这不就为吃饭嘛。现在的人，就爱看这个。您这活好干吗？

张 铁 山　好干个屁，人都不出来了，这哪有人啊？招不上兵来，我这也挣不着钱啊。

聂 黑 子　招兵都招多大岁数的？

张 铁 山　够十七就得，上到多大，上边没说，但是你这样的，你自卖自身上赶着去，都得给你轰回来。

聂 黑 子　是是是。那以前招的那些兵都打仗去了？

张 铁 山　也不见得，现在当兵也就是充个阵势。比如，张大帅有五万兵，李大帅又招了十万兵，这仗还打吗？不打了！就是站脚助威。

聂 黑 子　那到了战场上，大炮一放，还是怕人呀。

张 铁 山　嗨，那大炮都是吓唬人的。你有大炮，人家对面没大炮？大炮一放，谁不是一死一片？你放，人家不放？谁能看着自己的兵这么死？所以战场上那些大炮，都是吓唬人的，吓唬对方，给

　　　　　自己壮胆。放炮的时候，兵都在战壕里，不放炮了，兵才出来冲锋呢。

李　大　刀　当兵给多少钱？
张　铁　山　别的甭说，到桥头上，说一声就算数，连手印都不用按，先给二十个大洋。然后，跟着他们去后边胡同一个屋里剃头，当兵都剃光头，这个头一剃，就算入了伍了。就这么方便。
聂　黑　子　二十块大洋？
张　铁　山　对，都是你的。这叫安家费。以后还按月关饷呢。
聂　黑　子　我可听说，有去领了大洋，回头跑了的。
李　大　刀　对，还有的跑出经验来了，过仨月半年又来参军了，拿天桥桥头的招募处当了银行了，没钱了就来取点儿。
张　铁　山　对，有这路人，这叫老兵油子。还有半路开小差，连枪都带回来的。
李　大　刀　那枪也能带回来？
张　铁　山　这人只要有胆、不怕死，什么都能往回带。可是都当逃兵，大帅们怎么带兵打仗？你们看见一两个跑了的，那死的多了，你们见着了么？原来是部队一开拔，就有人跳火车当逃兵，现在没人敢了。为什么？行刑队都准备着呢，有一个兵跳火车，能拿机关枪突突。过去上了火车还能跑，现在可不行，只要你到那条胡同里一剃头，就算交待了。不听命令，敢出门就算逃兵！
【这个时候狗不剩已经把凳子摆好了。

狗不剩　师父，开吗？

聂黑子　开！别看没人，磨转就有面，你先唱一个。
【狗不剩答应了一声，没动地方。

聂黑子　去啊！

狗不剩　师父，我站着唱行吗？这地面太冷了。

聂黑子　站着唱？站着唱谁可怜你，都能跟人家肩膀齐了，人家能给你钱吗？你得记住，你是要饭的！
【狗不剩不再说话，直眉瞪眼地走到场子中间，单腿往那一跪，摆个架式，就开始打板。

何州府代管何家县，
何家县代管何家营。
何家营有一个何员外，
每日宰杀做经营。
你买他一斤多给四两，
你买他二斤多给一斤有余零。
因此上把雪花白银赔个干净，
就落下厚道诚实一点好名。
……

【狗不剩唱着唱着，嘴就瓢了，一着急，嘴裂得又疼，词也忘了，紧着打板，手也不听使唤了。

他的表演彻底砸了。

【但是没人笑话他，因为根本没人看。可能刚坐下了一个人，听了两句又走了。狗不剩还在打板唱，但是声音没了。这边李大刀等人的声音又起了。

李 大 刀　这孩子不成啊。

张 铁 山　连句人情话都不会说，过去跪下就唱，人家凭什么给你钱？

聂 黑 子　傻东西一个，还死拧，要不是跟着我，连他妈都得饿死！

李 大 刀　你一个唱数来宝的还收徒弟，在要饭的里边你算拔了尊了。

聂 黑 子　他叫狗不剩，才十四，就一个寡妇妈跟着过活。他妈久病，靠缝穷把他养活起来，现在落了炕了，就得让他养着了。我跟他保证了："拜我为师，准让你妈能天天吃上窝头！"

李 大 刀　倒是怪可怜的。也赖你，保守，不传他真东西。

聂 黑 子　我他妈一个臭要饭的有什么真东西？我保守个屁。

李 大 刀　你要也给他弄身孝袍子，打一幡儿，你们一个孝子一个贤孙，看着多可乐，肯定挣钱。

聂 黑 子　要不说这小子死爹哭妈拧丧种呢，他就死活不穿这孝袍子。

李 大 刀　为什么呀？

聂 黑 子　他说他妈要死了，不想这么丧气。他妈还没死呢，要是穿这个回去，让街坊看见，就以为他妈死了。你说这不是混蛋吗！饭都吃不上，还他妈矫情这个！

张 铁 山　那你带他干吗？你是唱数来宝的，又不是开救济的。

聂 黑 子　我也没辙，有这么个人帮忙，总比一个人混强。他也不吃亏，跟我干，总比去卖苦力强点儿，上午不用出来，还能伺候伺候他妈。

张 铁 山　他就没别的亲戚？

聂 黑 子　没有，没人管。

张 铁 山　这孩子够十七了么？

聂 黑 子　十四……大概快十五了吧。

张 铁 山　（表情古怪）哦，都十八啦，还真看不出来。

聂 黑 子　没有，我说十五。

张 铁 山　（话里有话）怎么也够十七了。

【聂黑子听明白了张铁山的意思。

聂 黑 子　这可不行，好歹是我徒弟，我不能干那……

【他看着张铁山冷得比地面还硬的脸，硬生生地把"缺德事"三个字咽了回去。

【李大刀站起来，拉着张铁山。

李 大 刀　走。咱们转转去。（冲聂黑子）你先干着，待会儿我徒弟们来了，我就回来。

【聂黑子赶紧也站起来。

聂 黑 子　是是是，我给您看着地，绝不让这地凉喽。

【李大刀和张铁山走了，张铁山临走，又回头对聂黑子意味深长地说。

张 铁 山　二十块大洋啊！

聂 黑 子　（深鞠一躬）我没那福气。

【舞台那边，狗不剩的声音又起来了。用尽全力，冲板凳唱着：

何爷闻听说我知道，
回手抄起捆猪的绳。
翻身跳在猪圈内，
绑上了大母猪就要下绝情。
在一旁吓坏了哪一个，
吓坏五个小畜生。
大猪二猪三猪四猪还有猪老五，
个个都是老母猪所生。

【狗不剩又忘词了，气得聂黑子狠狠打了他几巴掌，他都不说话。

聂 黑 子　你怎么了到底？

狗 不 剩　今天我出来的时候，我妈不好。

【聂黑子没说什么，摆手让他接着唱。

【舞台全暗下去。狗不剩的声音又起来了。忽然看见一位文化人打扮的游客，居然过来了，还坐在了板凳上！狗不剩用尽全力，冲板凳唱着：

大猪要救它的生身母，
叼起了刀子跑如风；
二猪要救它的生身母，
叼起一块砖头就往锅里扔；
三猪要救它的生身母，
用牙咬断了捆猪的绳；
……

【背景声，一个小孩急匆匆地喊："狗不剩，快回家，你妈死啦！"
【狗不剩立刻傻在那里，目瞪口呆，不知所措。
【聂黑子马上过去，按着狗不剩的头。

聂 黑 子　唱，唱，不许停，各位先生听你的玩意儿，听好了给钱！

【狗不剩听从师父的话，已经成了习惯，他在巨大的惊吓和悲哀之下，下意识地木然打着板唱着：

何爷闻听，落下了伤心的泪，
不由得心中辗转暗叮咛。
这五个披毛带掌的畜生懂得行孝，
我娘养我一场空！

143

【唱到这一句，狗不剩忽然放声大哭，几乎是吼道："我娘养我一场空！"

【聂黑子跟着往地上一跪，也大哭起来。

聂 黑 子 各位爷，您多积德多修好吧，这孩子他妈死啦！

【那个文化人打扮的人，真的从包里拿出了一块现洋，过来递给狗不剩。

【聂黑子接过钱来，把已经哭得没劲儿的狗不剩拉过来。

聂 黑 子 给恩人磕头。

【狗不剩什么也不知道，只知道磕头。这位文化人站起来，长叹一声，转身走了。

【聂黑子用哭声把那位的身影送远，才回头看着狗不剩，把他拉起来。

聂 黑 子 你也别哭了，你妈这个病，你心里也早有个准备。我跟你回去收拾收拾，找个干净点儿的草帘子把你妈裹上，找人抬出去埋了吧。

狗 不 剩 我要给我妈买棺材。

聂 黑 子 你说什么？

狗 不 剩 我要给我妈买棺材。

聂 黑 子 这是你的孝心，孝心到了，你妈就知道了。她奔极乐世界去，就不惦着你了。怎么都是入土为安，你哪有钱买棺材，心到了就得了。

狗 不 剩 人家刚给了一块大洋。

聂 黑 子 有钱也不能乱花，要是后几天买卖都不好呢，就够咱们吃一阵的了，这一块大洋！

狗不剩　我要给我妈买棺材。

聂黑子　要是真买了棺材，就算买"狗碰头"，也得花不少钱，别的不说，雇人搭出去，还得多花点儿钱呢。花钱的地方多了，你都没吃过饱饭，要什么棺材！

狗不剩　人家刚给了一块大洋！

聂黑子　人家刚给那钱，是给我的！不是给你的！你是我徒弟，你挣的钱都归我，这是规矩。就算三年头上你出师了，你还得给我白干一年！人家刚给一块大洋，跟你有什么关系！

狗不剩　（歇斯底里）那是人家给我的钱！因为我妈死了，人家才给的钱，我要给我妈买棺材！

聂黑子　得了，你别嚷嚷，你对，你有理，谁让你死了妈呢！我听你的，啊，你别急，给你妈买棺材！咱待会儿回去就上棺材铺，挑个款式点儿的，啊，别哭了。

【狗不剩点点头，咧着嘴还要哭，自己强忍住，用全是冻口子的脏手抹去眼泪。聂黑子一抱他肩膀，拍拍，表示当师父的安慰他。

聂黑子　（低声真诚地说）家里死了人，是大事，不能失了礼。我先带你去剃个头，咱们得干干净净利利索索地送你妈一程。

【狗不剩点了点头，师徒二人下场。

第二幕　二道坛门

时　　间　二十世纪三十年代初期的一个冬天夜里
地　　点　天桥刑场附近

人　　物
霍青松——三十多岁，三弦艺人。
白面儿鬼——四十多岁，贫病缠身，马上要死。
耳朵先生——二十来岁，进步学生。
小贩——卖硬面饽饽的。
警察二人。

【舞台上黑色深沉，一两块黑帐子隔出几个空间，偶尔有点儿亮，又被其他的帐子隔断。
【霍青松抱着弦子往二道坛门走，很慢，表现出风雪交加。
【背景声是清亮好听的儿歌声，童声。

赶车的，别往东，
东边有个死人坑。
赶车的，别往南，

南边有条死人船。

赶车的，别往西，

西边有张死人皮。

赶车的，别往北，

北边有条死人腿。

【一阵凄凄惨惨的吆喝声从幕后传来，小贩挎着篮子走了出来，也很慢。

小　　贩　硬面——饽饽，硬面——饽饽。

霍青松　哎，来一个。

【小贩伸手去篮子里摸，却不马上拿出来。

小　　贩　您来俩吧，这天，也没有做小买卖的出来了，您待会儿想再买可买不着了。

霍青松　你就给我来一个吧。

【小贩不死心，拿出了一个，给霍青松看看。

小　　贩　您看看，我这做得多良心，这是多大个儿，您来俩吧。

【霍青松还没说话，旁边又出来一个人，穿着非常破旧，像是个要饭的，抖抖雪，紧闭着嘴，盯着那小贩手里的硬面饽饽看。

【霍青松接过小贩手里的硬面饽饽，咬了一口。同时，他一指这个要饭的。

霍青松　给他也来一个吧。

小　　贩　这年月，这样的人太多，心疼不过来。

霍青松　用你管？给他！

【小贩又拿了一个给要饭的。要饭的接过来,二话不说,恶狠狠地把它吃下去了。

【要饭的一转身,也不说话,摇摇晃晃地往下场门走去。

小　　贩　您看好人不能当吧?落不了一句好。

霍青松　唉,对得起自己的心就成了,有饭送与痴人。

小　　贩　可怜之人必有可恨之处。这路白面儿鬼,死了臭块地,多吃一个硬面饽饽,也多活不了两天!"

霍青松　这不是要饭的,这是白面儿鬼?

小　　贩　一看您就不常来这边。我们都认识他,抽白面儿抽得把媳妇都卖了,房子也卖了,实在没辙就偷,什么都偷过,连门口的破脸盆都偷。

霍青松　唉,各人有各命吧,可能我命里就得给他一个饽饽吃。

小　　贩　那是您心好。

霍青松　也算有您一半功德。

小　　贩　您花钱请他吃,有我什么功德?

霍青松　您听我说,先别着急。我身上一分钱都没有。我是实在活不下去了,是准备去歪脖槐上吊的。

小　　贩　唉,你……您吃就算了,那您给他干吗?

霍青松　所以说有您一半功德。

小　　贩　我这可是小本生意,您别跟我开玩笑。

霍青松　您听我说,我不是无赖,我是真要死。我也绝不让您吃亏。我是弹弦子的,孩子死了,媳妇也死了,这个世道太欺负人了,同行的……不说了，我是肯定活不了了。我这弦子，是手使的家伙，能值点儿钱。我也舍不得它变成柴火，得了，这个归您了。

小　　贩　您真要去上吊去？

霍青松　这我还能胡说吗？

小　　贩　得了，我也不劝您活着。这个年月，谁也不知道什么时候把自己挂到歪脖槐上去。您这弦子，我也不能要。您要真一死，这弦子在我手里，我也说不清。两个硬面饽饽能值几个钱，算了！您一路保重。

霍青松　（鞠一大躬）我在阴间也念您的好。

小　　贩　（也鞠一大躬）您把我忘了得了。

【小贩走了，冷风中传来了他那长长的忽而一顿的吆喝声，仿佛比刚才更凄惨了。

小　　贩　硬面——饽饽。

【霍青松握紧手里的三弦，往前走去。舞台上几个黑棚微一变换，霍青松走到了歪脖老槐下，可以不用做景，完全无实物的表演。

【霍青松走到了树下。

霍青松　歪脖老槐树，你在天桥这儿多有名啊。你这条斜着的树干上，挂过多少位在这个世界上活不下去的人啊！你把他们好好地送到了另一个世界去，你仁慈。

【霍青松从身上取出了早就准备好的绳子。刚要往上挂。忽然旁边有人说话。

149

白面儿鬼	哎哎哎，你要干什么？
	【霍青松吓了一跳，顺着声音往旁边一看。黑棚子里走出一个人，白面儿鬼。
	【霍青松不理他，又把绳子往树上挂。白面儿鬼摇摇晃晃走了过来，把他的绳子拽了下来。
霍青松	这位兄弟，你不用拦着我，我是非死不可的。
白面儿鬼	我不是拦着你死，我是让你死到旁边去。
霍青松	你说什么？
白面儿鬼	得有个先来后到，我先来的，这棵歪脖槐今天归我。
	【白面儿鬼也把腰带解了下来，就要去挂。霍青松也去拦。
霍青松	你先来的，也是因为吃了我给你的硬面饽饽。
白面儿鬼	你要是不给我那个硬面饽饽吃，我就直接倒卧了，就不用再自己寻死，受二回罪了。
霍青松	我给你吃的，我还给出不是来了！
白面儿鬼	你就好人做到底吧。
霍青松	你为什么非要在这棵树上吊死？
白面儿鬼	这是我小时候的志向。
霍青松	没听说过，谁小时候就想吊死？
白面儿鬼	我小时候，家里穷，没人管，最爱看出殡的，一排排出好几里地去，可热闹了。最关键的，能跟着打"雪柳"，挣点儿钱。我最盼着有出殡的，这样，能挣钱去天桥买个"两面焦"吃。我们家穷得连"两面焦"都吃不起。我最大的愿望，

就是我死了，也能风风光光地出个大殡。没想到，我死都这么无声无息的。好歹，我得挂到这棵最有名的上吊树上——高矮也合适，粗细也合适，还是朝西方的。明儿别人一看见，远远地就得说，哎，那个谁谁谁也挂到那棵树上去了。我也算让人知道知道。

霍青松　你家里这么穷，你还抽白面儿？你就该死！

白面儿鬼　我抽白面儿，都是让韩国浪人勾引的，开始他白让你抽，等你上了瘾了，他就该给你出坏主意了，他就该往死里整你了！天桥这儿几十家白面儿房子，哪个不是韩国人开的。宋哲元抓抽白面儿的，抓到第一次在胳膊上刺一个十字，第二次再刺一个十字，第三次就枪毙。就在这二道坛门，毙了多少抽白面儿的啊！

霍青松　那你还抽？

白面儿鬼　有瘾啊，没办法。宋哲元要镇压抽白面儿的，最简单的，你把白面儿房子都关了不就得了吗？中华民国明令禁止吸毒，怎么还这么多白面儿房子呢？

霍青松　为什么呢？

白面儿鬼　韩国人的背后，是他妈日本人啊！宋哲元惹得起日本人吗？

【此时，歪脖树的后边，忽然传来了一声咳嗽。

霍青松　谁？

【他们看见从树后走出来一个年轻人，对他们俩

　　　　　　抱歉地笑笑。
耳朵先生　你们好。
　　　　　　【白面儿鬼和霍青松都不知道此人的来历，不肯说话。
耳朵先生　死都不怕，还怕骂日本人吗？
霍 青 松　这位先生，您是干吗的？这个时候了躲在树后头干什么？
白面儿鬼　你也是来上吊的！今天不行，今天谁都得让着我。
耳朵先生　我才不上吊，来这一世多不容易，干吗不好好活着？
霍 青 松　那您这是怎么个意思？
耳朵先生　我是来北平学音乐的。学校没考上，我就和一群同志演戏谋生，赶上你们要上吊，又听见你们骂日本人，这才出来劝你们两句。
霍 青 松　你是学音乐的？
耳朵先生　（发现了霍青松的三弦，很惊喜）您是弹三弦的？您是艺人？
霍 青 松　是，我弹了一辈子的三弦，这把弦子不错，送给你，当个纪念吧。
耳朵先生　哎呀，你们怎么一张嘴就是要死要活的。你们自己就这么软弱，弹出来的音乐也硬气不了，怪不得现在大江南北都是"妹妹我爱你""哥哥我想你""再喝一杯""勾肩搭背"……
霍 青 松　我可不会弹那些。

耳朵先生　对，我喜欢天桥的音乐。您别看我穷得连棉衣都穿不上，但我愿意用有限的几个钱去收集北方这些民间的音乐素材，我爱听你们弹唱的民间小曲，我喜欢你们弹的那些传了几百年的曲牌子。可你知道吗，这些还不是天桥的好音乐。

霍青松　您爱听昆腔？天桥可没有。

耳朵先生　不，我说的音乐，不是乐器演奏出来的，而是天桥自己演奏的。

白面儿鬼　（冲霍青松）这你不懂吧，我懂。他说的是，大冬天的，西北风一吹，电线杆子唱二黄：呜……呜……

耳朵先生　这里，充满了工人们、车夫们、无产阶级的汗臭，他们在狂吼、乱叫，为了挣钱，为了生活下去，他们好像些疯子似的做出千奇百怪的玩意儿，有的在卖嗓子，有的在卖武功……这些吼声，这些真刀真枪的对打声，锣鼓声，还有什么打铁声、吆喝声、唤头声、冰盏声，混着骆驼脖子上的串铃声，那就是最好的音乐啊！

白面儿鬼　那算什么音乐。

霍青松　您说的，我好像能懂。

耳朵先生　你一定能懂的，因为你就是他们中的一员。这是他们用生命挣扎出来的心曲，是他们誓死不做亡国奴的呼声，这是他们向敌人进攻的冲锋号！你的敌人是谁？

霍青松　我的敌人？

153

耳朵先生　你的敌人，就是这不公平的世道，就是那些卖国的大官、贪污的罪犯、外国人的走狗、欺负人的恶霸。你的三弦就是你的武器，用音乐当武器，是能救这个国家的。

霍青松　先生，您还年轻，您有志向这挺好，可是我知道，我谁也救不了，我连我自己都救不了。我的媳妇被南霸天看上了，他直接上我家来，把我两岁的孩子当着我的面摔死了，得意扬扬地说，摔死了一个小共产党。然后就逼着我媳妇跟他走，要不然，就得说我也是共产党，把我送到二道坛门枪毙。我媳妇当天晚上咬了他一口，没几天，尸体就从三等窑子里搭出来了，破芦席一裹，陶然亭一扔。南霸天，他连收尸都不让我去！

耳朵先生　那你怎么办呢？

霍青松　我后悔呀！我胆小啊！我是真不敢直接跟他干，我想打官司，咱们国家不是有法吗？我也不是野鸡没名儿啊，真的有好多人爱听我的三弦，也捧我。我的观众里有当官的，也有律师，也有警察。我找他们帮忙主持公道。谁知道他们在看演出的时候，叫好，扔钱，都不算什么。一说到南霸天，他们都劝我看开点儿。看开点儿？我问他们，要是你们的孩子被当面摔死了，你能看得开吗！要是你媳妇的尸体都让野狗吃了，你能看得开吗？

白面儿鬼　看不开。

霍青松　　结果前台经理跟我说，这些是我自己的事，不能因为我自己的事影响他的买卖，让我从明天起别去了。我呀，不争了，我去那边见他们娘儿俩了。没脸呀！但是，见着的时候，可能他们不怪我。

耳朵先生　所以，杀一个南霸天，不管用。你不想现在日本人占了东三省，要闹华北自治，如果日本人占领了中国，不知道有多少南霸天要横行一世呢！所以，要救国！

白面儿鬼　那些大学生都喊救国救国，这国完啦，救不了了。

耳朵先生　这国要都是你这样，就真救不了了。你在天桥刑场，光看见枪毙抽白面儿的了？

白面儿鬼　枪毙的多了，我老来看热闹来。

耳朵先生　不瞒你们，我就是借夜里没人，来天桥刑场看看的，凭吊一下那些为了救国而死的人。

白面儿鬼　我倒看见有卖国被枪毙的……谁是为救国而死的？

耳朵先生　几年前，有一位办报纸的邵飘萍先生，因为宣传爱国思想，反对军阀，得罪了张作霖。张作霖进北京，就把他杀害在天桥刑场。

白面儿鬼　你别说，这事我记得，邵飘萍是"萝卜党"。这词我就听过那么一次。

霍青松　　萝卜党？

白面儿鬼　我也奇怪，他不是办报纸的吗，跟萝卜有什么关系？

耳朵先生　是卢布党。因为邵先生宣传进步思想，张作霖诬陷他拿了苏联的卢布。

霍青松　枪毙他的时候，我在现场。当时是早晨四点多钟，我刚到外坛练功，就见警车开道，把这位邵先生拉进了刑场。他才四十来岁，身穿华丝葛长衫，黑色纱马褂，黑色缎面鞋。临刑前，他向监刑官拱手说："诸位免送。"然后仰天大笑，从容赴死。真让人记忆犹新。

白面儿鬼　你要这么说，我也见过一位横的。就在头几天，有一位大概叫抗日救国军的司令还是总指挥的，带着人在张家口抗日，结果让人给逮回来了。枪毙他那天，下着大雪，他说了："我是为抗日而死，不能跪着，不能背后挨枪，给我拿把椅子来！"有人给他从旁边煤铺借来了一把椅子。那主儿坐在椅子上，就这么眼看着枪把自己打死！了不得！死前还在雪地里写了几行字，也是什么抗日呀救国的。

耳朵先生　恨不抗日死，留作今日羞。国破尚如此，我何惜此头！那是吉鸿昌将军。

霍青松　你是怎么知道的？

耳朵先生　报上都写了。你们身在北平，能眼见邵飘萍、林白水、吉鸿昌这样的人物，为了国家抛却生命。你们怎么就不能留下自己宝贵的生命，起来战斗呢！

白面儿鬼　可你说的几位不也死了么？中国好不了了！

霍青松　要都是你这样的人，是好不了了。这位先生，您贵姓？

耳朵先生　我姓什么不重要，您就叫我耳朵先生吧。我的耳音可好使了，记谱特别快。

霍青松　我还是不明白，拿音乐怎么救国？

耳朵先生　可以用音乐描写这个该诅咒的时代，歌颂国人的救国精神，激励国人改造社会，起来战斗。比如，拿天桥来说吧。我看天桥一带有好多可怜的小孩子，吃不饱，穿不暖，有的要饭，有的靠捡烟头为生。我在上海也见过这样的孩子，他们当报童，挣不到几个钱，风里来雨里去，还要受人欺负。我就给他们写了一首歌，我的同事写的词，我谱的曲。大家都听到这样的歌，自然对报童们抱以同情，进而思考他们为什么这么受苦。这对于改造我们的社会，就是有益处的。

【霍青松有点儿兴奋，他拿起弦子来，靠在树上，定了定音。

霍青松　耳朵先生，您能不能唱唱您这首歌？

耳朵先生　好呀！

【耳朵先生唱了起来。歌词有三段，旋律却是一样的。霍青松在他唱第一段时，还是跟着弹，到第二段时，就已经能大概伴奏得上，到第三段时，二人配合得已经相当好了。

啦啦啦！啦啦啦！我是卖报的小行家，不等天明去等派报，一面走，一面叫，今天的新闻真正好，七个铜板就买两份报。

啦啦啦！啦啦啦！我是卖报的小行家，大风大雨里满街跑，走不好，滑一跤，满身的泥水惹人笑，饥饿寒冷只有我知道。

啦啦啦！啦啦啦！我是卖报的小行家，耐饥耐寒地满街跑，吃不饱，睡不好，痛苦的生活向谁告，总有一天光明会来到。

霍青松 这么好的歌，您是怎么写出来的。您真是个音乐天才！（对白面儿鬼）我不死了！我听这位先生的，先活下来，再想办法跟他们斗。这歪脖树给你留着了。

白面儿鬼 你不死了，我也不死了！我戒白面儿，找地方做工去，我自食其力！到哪天我真活不下去了，我再死。可是我也不挂在这儿了，我上白面儿房子门口上吊去，最起码第二天早晨他们出来倒尿盆的时候，能吓得洒一身。

【白面儿鬼跟二位一抱拳，转身要走，忽然头重脚轻，一跤摔倒，再也爬不起来了。

【霍青松、耳朵先生二人赶紧过去，把他扶起来。霍青松一试他的鼻息，已经没气了。冲耳朵先生摇了摇头。

霍青松 倒卧了。

耳朵先生 总算在他死前有了哪怕那么一点点的上进心和

斗争精神，可见，中国人还是有救的！
【霍青松点头称是，刚要说话，见树影深处，远远过来两个穿制服的人。

霍青松　耳朵先生，早班儿警察巡逻来了，这儿有个倒卧，咱们先走吧，要不他们讹上咱们。
【耳朵先生一点头，二人迅速离开了这棵吊死了不知多少人的歪脖槐。
【不一会儿，两个警察到了，一见这儿有一个倒卧。

警察甲　他妈的，又一个，还得上报，真他妈费事。
【警察乙过来先试了试白面儿鬼的鼻息，又探了探胸口。

警察乙　胸口还热乎，没死透呢！过来，搭把手。
警察甲　干吗？
警察乙　还没死就好办，过这条街就不归咱们管了，让东外五区那帮孙子上报去。
【警察甲恍然大悟，两个警察拖着一具尸体，下场。
【幕后，那清亮的儿歌声又传来了。

赶车的，别往东，
东边有个死人坑。
赶车的，别往南，
南边有条死人船。
……

第三幕　大森里

时　　间　二十世纪三十年代中期的一个夏天
地　　点　天桥一个下等妓院院中

人　　物

白椿香——五十多岁，骚恶老鸨子。

年德义——四十多岁，说相声的，坏。

于德方——三十多岁，说相声的，笨。

月月鲜——三十多岁，妓女，于德方妻子。

大胖子——四十多岁，嫖客。

大三白——三十多岁，妓女。

李凤林——二十多岁，妓女。

孙爱云——二十多岁，妓女。

【舞台两边摆四五个桌台，每个桌台或椅台后有一个妓女，无聊地闲待着。

【背景传来了《妓女告状》的大鼓，阴阴沉沉，像来自地府的幽诉。

初一十五庙门开
　　牛头马面两边排。
　　大鬼拿着生死簿,
　　小鬼拿着引魂牌。
　　阎王老爷当中坐。
　　一阵阴风刮进一个女鬼来。
　　让小奴托生牛马犬,
　　千万也别托生烟花巷的女裙钗。

　　【白椿香怒气冲冲地上台。
白　椿　香　你们都给我听着点儿！都给我站起来！
　　【几位不得已,全都站起来了,不知道这个女人要干什么。
白　椿　香　大白天的,你们看看,屋里一个客都没有,养着你们干什么！你们看看你们自己个儿,都不懂得捯饬捯饬,还有个女人样啊！一个个都在院里歇凉,死蛇烂蟮的,倒挺舒服！
　　【白椿香指着大三白。
白　椿　香　你过来,数你岁数最大,你就带头给我这儿歇工！
　　【大三白走到中间站直。
白　椿　香　昨天晚上,那客人都说了饿了,你倒好,一个劲儿拿茶叶涮他,这一出去吃夜宵去,再碰上两个朋友拉去听个夜戏,当然是不回来。明明是过夜的钱，生生让你变成喝茶的钱！还有你！（冲着李凤林）你倒好，屋里弄得跟土站似的，被子都不叠好了，痰盂都不倒，一进你那屋，胭脂味儿和着屁味儿，哪个男的能愿意在你那屋住！

李凤林 也保不住就有男的爱这个味儿。反正我这屋里天天不短客人。

【白椿香想冲她去，一听这话，又转向东屋的月月鲜。

月月鲜 干妈，您知道，我这身子这段时间不太好，您等我调养好了，我好好化化妆，好好热热客，肯定给您挣钱。

孙爱云 （冲月月鲜一瞪眼）你说谁热客，你说谁热客，上回客人偷偷给我两块钱，我都给妈妈了，客人爱我，死缠我，我也没辙呀，你吃不了少往我这布！

月月鲜 可不是爱你嘛，你小，你嫩，你可也有老的那一天。

【孙爱云刚要还嘴，白椿香一口唾沫吐到了月月鲜脸上。

白椿香 老了怎么着，年轻时候是个红人，老了也能开个窑子接着挣现大洋！

大三白 妈妈，您别往心里去了，别动肝火。不过这大夏天的，哪个屋里都待不住人，不到晚上天风下来，肯定是来不了客了，就是来了客，这一身臭汗的，也不好挣钱呀。

白椿香　你们都给我过来。

【姑娘们不乐意地凑了过来，在舞台中间站一排。

白椿香　挣钱！

姑娘们　（齐刷刷拍三下巴掌）加油！

白椿香　加油！

姑娘们　（齐刷刷拍三下巴掌）挣钱！

白椿香　开门！

姑娘们　接客！（拍巴掌）干！干！干！

【舞台灯光暗下去，《妓女告状》的声音又起来了，加上做小买卖的吆喝声，男女调笑声，招呼声。灯光又起，比刚才亮得多。舞台中央垂下纱幕，代表纱幕后是屋里。

【年德义拉着于德方走进来，于德方有点儿往后退。

于德方　这家小点儿，要不咱换一家？

年德义　换什么，咱们说相声的，在哪家不是干？

【年德义说完拉着于德方来到舞台正中，找一个方向，轻轻一推门。

年德义　大爷，您听段相声吗？特别可乐，您也找点儿乐，我们哥儿俩也借光奔点儿食儿。

【屋里传来粗鲁的喊声："不听不听，走走走！"

年德义　得嘞，您先乐呵着。

【年德义后退两步，转身再找一个方向。

年德义　大爷，您听段相声吗？特别可乐，您也找点儿乐，

163

　　　　　我们哥儿俩也借光奔点儿食儿。

　　　　【屋里传来了浓浓的山东口音："进来吧。"

　　　　【年德义大喜，撩帘就进。舞台上纱幕升起，就是进屋了。屋里没什么陈设，连朵花都没有。木头桌子都露了白茬儿，桌上仅摆着一盘瓜子，一个茶壶。

　　　　【此时屋里一个穿绸裹缎的大胖子正在纠缠月月鲜。大胖子双手抓住月月鲜的两手，伸鼻子去闻月月鲜的领口。月月鲜一面往床边躲，一面娇笑着。

月 月 鲜　讨厌，讨厌，来人了。

　　　　【大胖子放月月鲜坐在旁边凳子上，一脸看不起的神气，看着二人。

月 月 鲜　说喝茶就好好喝茶，说聊天就好好聊天，再瞎摸，我把你的爪子剁下来。

　　　　【年德义赔着笑，又得看，又得装作没看见。于德方是根本就没看见——他一进屋就低着头，根本不抬眼。

月 月 鲜　（把茶倒上）你先好好喝着茶，听段相声。

大 胖 子　什么相声？

年 德 义　说学逗唱，文的武的都有，给您说一段您先听听。保证您乐。

大 胖 子　那我要就不乐呢？

月 月 鲜　你出来是找乐来的，你不乐，我胳肢你。

年德义　瞧您说的，我们是干吗的呀！说不乐您，我们就抱着脑袋滚出去！

大胖子　那你说一段。

【他们站在门口，就规规矩矩说上了。

年德义：您别看我们说相声的是下九流，我们这个于伙计，可是宦门之后。

于德方：这话没错。

年德义：他妈是换洋火的。

于德方：你妈是捡废纸的！是官宦之后。

年德义：对，他是宦官之后。

于德方：你爸爸才少块肉呢！

年德义：早些年你们家有钱，可你没赶上。想当年你爸爸虽然有钱，但是年过五十才有的你。没你的时候，你爸爸一个人唉声叹气。

于德方：心烦。

年德义："天啊，天啊！"

于德方：我爸爸是唱戏的呀？

年德义：这一唱不要紧，把你妈惊动来了。你妈出来这派头可不小，四个丫环搀着。没四个丫环，你妈一步都走不了。

于德方：脚小。

年德义：没腿。

于德方：你妈才肉轱辘呢！

……

【开始，大胖子跟月月鲜还笑笑，过了一会儿，大胖子觉得没劲了，又逗弄上月月鲜了。月月鲜连躲带黏，做出些欲迎还拒的样子。

【相声这边声音小了，月月鲜那边声音大起来，像管小孩一样管大胖子："坐好，听相声。"大胖子都折腾累了。这边声音小了，年德义和于德方那边的声音又大了起来。

……

年德义：要拴娃娃，你妈给老娘娘磕头："娘娘在上，奴家，挨门骂氏在下。"

于德方：你妈才挨骂呢！

年德义："您赐我一儿半女，我给您重修庙宇，再塑金身。"你还别说，老和尚真灵！

于德方：像话吗？那是老娘娘真灵。

年德义：回家没半个月，真怀上你了。你妈一高兴，要唱几句曲儿。

于德方：这可真新鲜，我妈怎么唱的？

年德义："叫一声我的儿子，跟着妈妈去呀唉，妈妈住家在大森里，天天我打野鸡呀唉。"

于德方：你妈才野鸡呢！

年德义：过六个月显怀了，你妈可注了意了。往上不敢伸胳臂。

于德方：怎么？

年德义：怕你抻着。

于德方：您看看。

年德义：往下不敢弯腰。

于德方：怎么？

年德义：怕把你窝着。

于德方：爱惜。

年德义：人多的地方不敢去。

于德方：怎么？

年德义：怕把你挤着。

于德方：是。

年德义：这么说吧，你妈有小便都不敢蹲下。

于德方：那为什么？

年德义：怕你跑喽。

于德方：你别挨骂了！

【两人一齐鞠躬。

大 胖 子　你们俩都别挨骂了！说的这叫什么？全是拿妈妈找乐的，你老说他妈，你没妈呀！没有一点儿礼义廉耻！

【大胖子拿出来一毛钱的小洋钱，往门口一扔。

大 胖 子　走走走！

167

年 德 义　（满脸赔笑）这位先生，您看我们伺候您这么长时间，您这……要不然，我们再给您说一段？

大 胖 子　还说？就你说的这些，报到外五区就得把你抓起来！爹啊妈的，没有一点儿尊卑长上，你不是你妈生的？走走走，别给脸不要脸！

【月月鲜赶紧站起来，过去把地上的小洋钱捡起来，塞到于德方手里，往外推他们。

月 月 鲜　行了行了，不少，上别的屋看看去吧。

【来到屋外，还顺手把门带上了，哄着二人，往外推。

年 德 义　他他妈一嫖客，他跟我聊礼义廉耻！

月 月 鲜　行了，走吧走吧，出去再骂。

年 德 义　（一拉于德方）走走，就当遇见条狗。

月 月 鲜　（一拉于德方）哎，你等会儿。

【月月鲜伸手在怀里一摸，摸出一个小手巾包，打开一看，是几张纸币，往于德方怀里一塞。

月 月 鲜　你就先拿回去吧。

【月月鲜又拿出一个小包来塞过去。

月 月 鲜　给小鱼儿吃，牛筋豌豆。

【于德方欲要拦她，已经来不及了。年德义看愣了。月月鲜刚要转身回去，就听身后有人冷冷地说话。

孙 爱 云　哟，真趁哎，私房不少啊！

【月月鲜冲她摆摆手刚要说话，孙爱云突然提高

168

了嗓门。

孙爱云　妈，她又热客啦！

【妓女们和老鸨子都像鬼一样出现在舞台上。

月月鲜　孙姑娘，你别嚷，这位（一指于德方）是我们家里的。

【于德方身体一震，月月鲜看见他脸色不对，才知道，他并没有把实情告诉同来的伙计。

月月鲜　您没告诉他？哎呀，可你怕人知道，就别上这院来呀！

【舞台上除了年德义和于德方，都隐去了。年德义可兴奋了，眼都圆了，脸上都是笑意，拉着于德方往外就走。

年德义　你媳妇什么时候下的海呀？不是自卖自身吧？"自混"混得住吗？叫条子的多吗？出台费多少啊？

【于德方只能随他去开玩笑，低头走路，一语不答。年德义更得意了，一路又唱起了小曲。

年德义　叫一声我的兄弟，跟着哥哥去呀唉，你嫂子住家在大森里，天天她打野鸡呀唉。

【两人下，热闹音效又响起。最后是《妓女告状》的声音结束。灯光暗下。

劝女子千万学好别学坏，
别像奴身落烟花这一辈子算白来。

第四幕　凤凰三窝

时　　间　二十世纪四十年代前期的一天
地　　点　天桥的一个书棚子里

人　　物
米杰三——四十多岁，说评书的。
日本军官——穿中式长褂，外表好像挺文明。
射手——年轻时的米杰三，三十多岁。
石原九尾——三十多岁，日本射箭手。
国民党文化官员一名，汉奸一名，听众若干。

【舞台两边整齐地摆几条凳子，坐着几位听众。旁边立着水牌子，写着大字《精忠说岳》。中间一个小台，场面桌，高凳，坐着米杰三，正在说书。

小梁王柴桂，他的弓箭水平，可真是不错，要说跟岳飞比射箭，他自己认为这是手拿把攥的。只见他把马跑开喽，圈回马来，来了个一马三箭，箭箭射中红心！

那箭垛摆的有一百二十步远，红心也就烧饼大小，眼神差点儿的，别说射，看你都看不清楚。

天下举子轰然叫好！都是干这个的，看得出来，这是真功夫，确实箭下有准。

岳飞一看，心中动念，我怎么办呢？要按我的能为，我也能一马三箭，箭箭射中红心。可有一样，那不就打平了么？怎么能赢了他呢？要赢不了他，打平了，他是梁王，我是一介布衣，最后还得算他赢……干脆，我玩点儿悬的吧。

岳飞想到此处，一带坐下马，就奔考官来了。张邦昌一看，哟，你不射箭，冲我干吗来了？就见岳飞翻身下马，朝上搭躬，叫声大人。我要也射中红心，我们就平了，也显不出我的本领。请大人换上丝线吊铜钱，我要来个凤凰三窝！

张邦昌奇怪，怎么叫凤凰三窝？

岳飞说了，凤凰三窝，就是一种射箭的绝技。用一个丝线，吊上一个大铜钱，这铜钱眼儿得大点儿，箭得能过去才行呢。

张邦昌一听，啊？你要一百二十步以外，箭射金钱眼？这话可大点儿。

岳飞微然一笑，光射过去不算能耐。

张邦昌一听，那还要怎么着？

岳飞说，我这第一支箭，箭射金钱眼，这箭头从金钱眼里穿过去，箭杆要横担在金钱眼里，箭羽

171

要丝毫不沾金钱。正中间,横担在这儿。这叫凤凰寻窝。

张邦昌一听儿,这话都悬了,谁能控制得了这么好啊。

岳飞说,我这第二支箭,还是箭射金钱眼,第二支箭的箭头,要正中第一支箭的箭尾,把第一支箭从金钱眼里顶出去,第二支箭要横担在金钱上,这叫凤凰占窝。

张邦昌一听,这都上了胡话了。

岳飞说,我这第三支箭,要箭射丝线,把丝线射断,两支箭、一枚金钱同时落地,叫凤凰趴窝。合起来叫凤凰三窝。

张邦昌一听,你要真能射凤凰三窝,那自然是你赢他输。岳飞朝上搭躬,翻身上马,来到校场中央,他能不能射凤凰三窝,待会儿再说!

【米杰三一拍醒木,不说了,要钱。

米 杰 三 您把那小笸箩拿过来,往后传传,谢谢各位关照,咱们打完这次钱,再往下说。

【观众传着小笸箩,往里扔点儿钱。米杰三坐在高凳上挨个道谢。

【小笸箩传到后边一个穿大褂的人那里,停住了。那位戴一顶巴拿马草帽,摇一柄折扇,像个文化人。他接过小笸箩,往里看了看,微微一笑,用生硬的中国话说。

日本军官　中国人，喜欢吹牛。

【他把笸箩朝场面桌扔了过去，钱掉落了一地。

【米杰三还没说什么，旁边有个听众过来要挡横儿。日本军官背后站着的穿绸子裤褂、留大分头的过来，一语不发，把衣襟一掀，腰上插着一把黑亮黑亮的手枪。挡横儿的这位乖乖躲一边去了。

【旁边有人看见枪了，都是一惊，有人小声念叨："天坛里的日本人。"

【穿大褂的把巴拿马草帽摘了下来，果然，干茄条似的脸上留着黑癣一般的一块仁丹胡儿。他冲周围人一撇嘴，鄙视地一笑。

日本军官　中国，武功的，不行。大日本，武功的，强！

【没人敢说什么，日本军官转身要走，又冲米杰三比画了一个射箭的姿势，撇嘴一笑。

日本军官　中国人，已经不会射箭了。中国，没有好弓箭，中国，没有好射手。古代中国的辉煌文化，现在，在日本；书道，在日本；剑道，在日本；茶道，在日本；弓道，也在日本！

【没人说话，军官回头要走。

米 杰 三　这位先生留步。

汉　　奸　叫太君！

日本军官　你还有什么话说？

173

米 杰 三　货卖与识家，今天书场来了知音，我米杰三奉送一段书外书，分文不取、毫厘不要。这是一段十年前的往事，也是天桥的实事，先生留步听听，好了传名！

【日本军官愣了一下，微微冷笑着坐下了，故意表现出了很好奇很期待的神气。

米 杰 三　大家落座，众位压言。

【一声醒木，开始说书。

　　就在天桥跑马场，十年以前，曾经有过一次"国际"射箭比赛。那会儿"九一八"已经过了两年，日本人已经占了东三省，建立了"满洲国"。但北平，还在国民政府手里。好多日本人，都来北平旅游，还来做什么文化交流。

　　从日本来了一个射箭高手，叫石原九尾，要来和中国人比赛射箭。他说了，从中国的孔子时代，就讲礼乐射御书数，射箭为君子不得不学之一技。但是到了现在，书道，在日本；剑道，在日本；茶道，在日本；弓道，也在日本！他到中国来做文化交流，特地要会会中国的弓箭高手。

　　他在"满洲国"举行了五场比赛，每一场，都是大获全胜。您想啊，在"满洲国"的比赛，谁敢赢日本人啊。

　　他在关东军军部的支持下，又来到了北平。就在天桥跑马场，设了一个临时射箭场，要会会北平的弓箭高手。

那个时候，离清朝灭亡已经过去了二十多年，连满人都没几位练射箭的了，哪还有什么射箭高手呢？可还真有一位，愤然而出，应战了，可这位就是个拉洋车的。国民政府不想让他比赛，可是日本人还巴不得来个外行，赛得一败涂地，杀杀中国人的威风呢。于是，这场比赛居然就比成了。

赛场上，远远摆了一个箭靶子，上面是铜锣大小的一个红心。

【舞台上灯光变换，场上的人都隐去了。正中挂出一个圆圆的靶子。

【整个舞台压光，除了靶子，在舞台前有两组圆光，一组圆光里是一个全套日本盔甲的武士，手拿弓箭。

石原九尾 不行，我拒绝比赛。

【靶子下边的阴影里有人说话，那是北平文化官员。只是借着靶子的光，能看见他西装革履的外部轮廓。

官　　员 怎么了，石原先生？

石原九尾 要把那个红心涂成金色的，要不，我绝不往那上边射箭。

官　　员 这是为什么呢？

175

石原九尾　那不就是我们大日本国旗吗!

官　　员　有道理,换。

　　　　　【另一组圆光里出现了一个全套清代盔甲,手拿长弓的射手。

射　　手　慢。我们中国千百年来就是射这样的靶子,你要不敢比,可以不比。

石原九尾　你!

官　　员　换吧换吧,也不麻烦。

射　　手　不行。你非要让我穿着这套从来也没穿过的盔甲跟你比,不就是怕我吗?还要换靶心,你心虚什么?

石原九尾　胡说!我的应战者,都必须要穿能代表本国传统的武士盔甲。

射　　手　你是穿着这身练的,我从来都没穿过这身……算了,无所谓,跟你们比箭法,哪有公平一说。

官　　员　哎呀,好不容易给你借了一套,你就别挑了。

射　　手　就这么射,你敢不敢比?

石原九尾　敢!

射　　手　请!

官　　员　(宣布规则)共三局。如果每局双方都射中靶心,则后退十步。第一局,开始。

　　　　　【石原九尾射,背景音一通鼓响,有人报,"中"。

　　　　　【射手射,背景音一通鼓响,有人报,"中"。

石原九尾　你是干什么的?

射　　手　拉洋车的。

石原九尾　以前是干什么的？

射　　手　还说以前干什么呢？

官　　员　文化交流嘛，干吗弄得这么僵啊，你就说说，以前你是干吗的？你怎么练的射箭？

射　　手　我是清朝皇室的远支，到清末家里早就败落了，但是我们旗人，不都是提笼架鸟的纨绔子弟，我们家再穷，我也爱练弓箭，天天去箭场射箭。

官　　员　那不跟提笼架鸟一样吗？都是玩闹。

射　　手　改换了民国，我们的活路更不多了，我就拉了洋车了，直到现在。

官　　员　行了行了。第二局，开始！

【两人往台中走几步，一同表示后退了。

【石原九尾射，背景音一通鼓响，有人报，"中"。

【射手射，背景音一通鼓响，有人报，"中"。

石原九尾　你是高手！

射　　手　不敢当！

石原九尾　你知道我为什么要求必须穿本国传统的盔甲上赛场吗？

射　　手　不过是给对方制造一点儿麻烦。

石原九尾　错了，这是一种仪式感，你我之间，无论谁输了，都是自己国家的文化输了。你承受得了这个压力吗？

射　　手　这场比赛，我必须赢了你！

官　　员　　第三局，开始。

【两人又往台中走几步，等于是并排站在台中。

【石原九尾举了三次弓，又放下，最后一咬牙，一箭射出。背景音一声滑稽的唢呐声，"不中"。

【射手面无表情，缓缓引弓向靶。石原九尾忽然又抽出一支箭，搭弓，张满，恶狠狠地指向应战者的脑袋。

【舞台上静几秒钟，射手拉着弓一动不动，都没扭头看石原九尾一眼，一箭而出，正中靶心。

【背景音一通鼓响，有人报，"中"。此时靶子落下，掉到舞台上。

【石原九尾定了一定，松开弓，双手托住弓箭，向交指挥刀一样，往前平端，同时向射手深鞠一躬。

石原九尾　我输了！

【舞台光暗下去，再恢复之前的光，舞台上的布置也回到刚才的场景。米杰三的书说完了，观众也没叫好，都看着那个日本人的反应。

日本军官　后来，那个拉车的呢？

米 杰 三　中国的绝技，日本人当然不能再让中国人传下去。据说比赛这事各国都关注了，表面上不能把他怎么样，但是当天晚上，他就被一群人拉到黑地儿，打折了一条腿。不但射不了箭，连洋车也拉不了了。

日本军官 好故事！我想知道，是不是所有的中国人被箭指着的时候，都能那么冷静。

【日本军官忽地拔出汉奸腰中的手枪，指着米杰三。

日本军官 请这位先生跟我到兵营里去再讲一遍这个故事吧。

米 杰 三 有话说与知音听，这段故事我十年没说了，再说一遍，又有何妨？

【他站起来，走下台子，轻蔑地哼了一声，就走了出去。到门口，回头冲众书座儿一抱拳。

米 杰 三 各位，书说至此，全始全终，咱们有缘再会。

【米杰三转身下台。日本人在后边跟着，这才发现，他走路是一瘸一拐的。

第五幕　吊膀馆

时　　间　二十世纪四十年代后期的一天
地　　点　天桥附近的一个落子馆里

人　　物

小金鱼儿——十五岁，唱大鼓书的女演员。
老赵——三十多岁，"递活的"，老江湖。
木固琼——二十岁，初来北平的青年学生。
福校长——五十多岁，大学校长。
红宝——二十多岁，唱大鼓书的女演员。
弹弦的一位，唱大鼓的女演员若干，观众若干。

【一个小舞台，五六个打扮得花枝招展的，穿着合身旗袍的姑娘，排坐在两边，舞台的四周，围坐着一圈观众，就像西方酒吧里在台上跳舞那种一样。穿大褂"递活的"老赵，手拿一柄折扇，在观众中招呼这个，联系那个，很忙。

老　　赵　今天您不捧红宝一段？她那段《王二姐思夫》您

　　　　　　老没听了吧。
　　　　　　【这位桂二爷抬眼一看红宝,看见红宝也正看他,眯着眼一笑,小手冲他摆一摆,当作是打招呼。
观 众 甲　好,就点一段《王二姐思夫》。
老　　赵　得嘞您呐。有题目,桂二爷特烦红宝姑娘唱《王二姐思夫》。
　　　　　　【这位红宝姑娘就袅袅婷婷地站起身来,走到台中,等弹弦的坐好之后,慢启樱唇,冲大众,当然主要也是冲桂二爷说。
红　　宝　谢谢桂二爷,刚才是金凤唱了一段《妓女悲秋》,唱得不错,换上我来,伺候您一段《王二姐思夫》。

　　　　　　八月的这个中秋啊,人人都嚷凉。
　　　　　　一场这个白露啊,严霜一场。
　　　　　　小严霜单打呀,独根草。
　　　　　　挂搭扁儿甩子就在,荞麦梗儿上。
　　　　　　燕飞南北知道冷热,
　　　　　　王二姐在房中,盼想夫郎。
　　　　　　……

　　　　　　【观众们欣赏叫好,这边表演区的声音都小了下去。老赵一个人走向舞台边,独白。
老　　赵　您看我这活儿,不好干。王二姐在房中千思万念,我在台下也是左思右想,是先让李经理点万艳欢呢，还是让王胖子点小花玉呢？按说李经理正迷万艳欢，点是一定能点，也不用让她唱太费劲的。可是万艳欢昨天刚跟我说完，李经理上次请她吃饭就直接动手动脚。她吃了不少亏，还得赔笑脸跟他喝酒，可他没什么其他的表示。

【背景音：光是点唱这点儿钱，就想把本姑奶奶请到床上去，差点儿意思吧！

老　　赵　万艳欢跟我说这句话得有三次，但肯定跟李经理没敢说过。今天如果再撺掇他点唱，万艳欢又得在台上给他好脸，他花了钱再有了野心，今天要再约万艳欢出去……万艳欢去是一定去，就是回来又得跟我翻哧。得了，我让李经理先稳一稳吧。

王胖子点小花玉？倒也不是不行。但是王胖子的心思太坏，他来落子馆捧人，不为捧艺，也不为捧色，好像就是来折磨人解闷儿的。上回点了一次，一挑就是最长的《百山图》，得唱个二十多分钟。好不容易唱完了，隔了一个节目，他又点了小花玉一个《南阳关》，也得唱个二十多分钟，中间还有二黄。把小花玉累得够呛不说，时间全占住了，其他的姑娘都得少点、少唱。坐这儿一下午，挣不着钱，谁乐意呢？

要不管我们落子馆叫吊膀馆，可那些男女学生吊膀子，不用别人伺候啊。我们这儿啊，我可都得想在头里。

【老赵正在为难,有人点手把他招呼了过去。他立刻拿上扇子,换上那职业性的腻腻的笑,凑过去。那边表演区的声音正常了。

老　　赵　您有什么吩咐?

福校长　让那边第三个唱一个。

老　　赵　好嘞。(扇子展平递过去)她叫袁有福,唱得可是不错,唱《三国》段最拿手,您看看您想听哪段?

【福校长扫了一眼扇子,递过一块钱来。

福校长　随便吧,没听过她唱,哪段都行。《华容道》,让她唱《华容道》吧。

老　　赵　得嘞!您贵姓啊?

福校长　我姓福。

老　　赵　哎,福先生,您在旗啊,这姓真好,有福。她叫袁有福,跟您还真有缘。

【老赵接过钱,收回扇子,又走到台口独白,那边的声音又小了下去。

老　　赵　估计这位连字都不认识,让他看也是白看。没听过她唱?骗鬼呢,以前肯定是来过,那眼睛在袁有福身上不知上下走了多少回了。袁有福妆化得厚,看不出岁数来,其实二十大几了,孩子都有两个了。看来大概这位大爷不爱幼嫩瘦弱,就喜欢这种成熟味道的。

183

其实你不点,该她唱的时候她也唱。看来这位今天终于想开了,打算花点儿钱先拉拉关系熟悉熟悉,明儿也带出去吃个饭。花了钱,不点题,又怕她唱得太短,自己就吃亏了。

"点活"的,谁是为听活呀,我的怯爹!

【老赵正说着,又有一个人把他招去了,正是木固琼。那边表演区声音大起来。

老　　赵　这位先生。

木固琼　那个姑娘就最开始唱了一段,后来就一直在那坐着,我听她唱得挺好的,怎么就不唱了呢?

老　　赵　一看您就心好,来,借一步说话。(上前一步)这孩子,可怜啊。她是两个月前才被师父带出来唱的,其实还没出徒,水平当然也不高。她才十五岁,营养又差,面黄肌瘦的,身体也都没有发育好;个子也小,腿瘦得还没有天桥那些撂跤艺人的胳膊粗;穿的是师姐穿小了的旗袍,师娘随便给她改了改,也不合身,还是大。师娘说:"得了,就这样吧,她还得长个儿呢,省得明儿再改。"就她这营养,能不能再长个儿还在两说呢。

木固琼　怎么没人点她呢?

老　　赵　没人捧啊。您看看,那些人都喜欢"那样儿"的,这还是个孩子呢,谁在她身上花钱啊。这一下午就这么干坐呢,也挣不着钱,确实够可怜的。

木固琼　我看她挺好的。

老　　赵　您是大学生？

木固琼　是，我是平等大学的。

老　　赵　（一拍大腿）怪不得呢，您会欣赏啊！那鲁智深欣赏不了林黛玉啊。您是第一次来咱们这儿？

木固琼　是。

老　　赵　刚才还没开场的时候，台下就一个人，就是您吧？

木固琼　对。

老　　赵　台上出来"摆台"，花枝招展坐一片，跑最后一排坐着去，还拿出本书来，趴在桌子上看书，是您吧？

木固琼　是。

老　　赵　您那心要有一刻在书本上，我都姓您那姓。哈哈，跟您开玩笑，就是让您放松放松，来我们这儿的，都是为了玩儿的。您能看得上小金鱼儿？

木固琼　她叫小金鱼儿？

老　　赵　是啊。

木固琼　好名字。

老　　赵　（冲观众）见过什么呀。那您贵姓？

木固琼　我姓木。我想听她唱。

　　　　　【老赵赶紧把扇面打开，放到木固琼面前。

老　　赵　您点一段吧。

木固琼　单点一段一元！

　　　　　【木固琼慌乱地在包里找了半天，拿出了一块钱，给老赵。

185

老　　赵　那您点她哪一段啊？

【木固琼要仔细看看扇面上的段子名，老赵把扇子一合。

老　　赵　得嘞，我看出来了，您不是要听她唱，您是看她干坐了一下午，可怜这个小姑娘。您是好心人啊！我替您做主了，您再赏一块钱，我让她好好给您唱一段大的。

木固琼　再赏一块钱？

老　　赵　这可是这姑娘第一次被人点，她跟您也是有缘。

【木固琼听到这里，又拿一块钱出来，递给老赵。

木固琼　唱什么，还是请她随意吧。

老　　赵　得嘞！您心疼她，我看出来了，这些姑娘里，您就爱她。您跟我不一样，我都不爱，我就爱烧酒。一定得让她给您唱段拿手的，《层层见喜》！

【老赵随即走到台口，庄严宣布。

老　　赵　有题目，木先生出双份，点小金鱼儿的《层层见喜》。

【不但其他的鼓姬吃惊，就是小金鱼儿自己也颇出乎意料。她赶紧慌张地站起来，整整衣服，走到鼓架子前。

【四下的鼓姬们，有的已经起身了。两边的椅子已经空了几把。下边的客人们也纷纷蠢蠢欲动，准备结束这半天的消遣。

【弦儿响了，小金鱼儿的娃娃音在丝弦的伴奏下

翻着高儿地出来了:

山长青云云罩山,
山长青松松靠庵。
庵观紧对藏仙洞,
洞旁松柏甚可观。
观则见观音堂盖在山中间,
洞下水响雷一般。
……

【她这一唱,观众们本来站起来想走的,都站在了当地。唱完了,颇收获了些喝彩。

【老赵见木先生痴迷,赶紧过来"开道儿"。

老　　赵　她是女艺人,您是大学生。您是第一次来吧,就点了她了。她也是这辈子第一次让人点啊!您就是她的贵人,这是一段奇缘!您听我的,您花五块钱,请小金鱼儿吃个饭,你们多聊聊。你们都是年轻人,可聊的多!这叫知音。明儿就让她给您唱《摔琴谢知音》!

木固琼　我,我没有……

【小金鱼儿毕竟年纪小。她站在那小舞台中央,不知所措。

【那个姓福的直接走过来,对老赵说。

福校长　没想到,你们这儿还藏着这么个宝啊!往这儿一站，就是角儿的坯子。我请客，今天晚上华北楼，老赵你作陪。

老　　赵　这样的您也喜欢？

福校长　娇娇小小才是中国人的审美，哪儿都大的那是"大洋马"，哈哈哈。

老　　赵　头一天您听她唱就要约她吃饭，那真是赏她脸了。可是呢……

福校长　她妈不乐意？

老　　赵　她没妈，就是师娘。

福校长　她师娘不乐意？

老　　赵　倒不是不乐意，她岁数太小，跟客人出去吃饭不太合适。

福校长　吃个饭，有什么不合适，让她师娘也跟着！

老　　赵　人家点的唱，还不知道人家想不想约，您这么直接约，这有点儿不合适……

福校长　吃饭单说，我给她师娘买点儿什么也单说，给您十块钱，您买点儿酒喝怎么样？

老　　赵　我看就这么着了，这孩子她师娘那我去说去。

木固琼　你们不问问她自己乐意不乐意吗？难道你们就这么不尊重女性吗？女人也是人，不应该是男人的玩物。就算是被人约出去吃饭，也应该是她自己乐意的。

老　　赵　（问小金鱼儿）你乐意不？

小金鱼儿　我不知道。

木 固 琼　她还是个孩子，她应该去上学，而不是陪男人吃饭。我们校长常说，中华之复兴，就在于全民平等、女性独立，女性应该受教育……

　　　　【福校长过来想说话，木固琼才把他看清楚。

木 固 琼　校长？

　　　　【福校长很尴尬。

福 校 长　啊？这，你是平等大学的呀？哈哈。呵呵，我是最爱上天桥来的，和平民打成一片，研究平民的喜怒哀乐，这对于我的社会学研究大有益处啊！你是哪个系的，今天没课吗？

木 固 琼　有课……不，没课，我请病假了，我不大舒服……我先走了。

　　　　【木固琼跑下场，都没看小金鱼儿一眼。

老　　赵　哎哟，我输眼了，愣没看出您是大学校长，我这不是狗眼看人低嘛。

福 校 长　别给我宣传啦！被自己学校的学生在落子馆里抓住，万一被哪家小报的记者看见，明天一见报，《师生共捧一鼓姬，因约会问题大起争执》，我这校长还当不当？

老　　赵　那这……

福 校 长　什么跟什么呀，再说吧。

　　　　【福校长下，老赵追下，只剩下舞台中央站着的小金鱼儿，不知道自己该怎么办。

第六幕　一件大衣

时　　间　一九五一年三月的一天
地　　点　天桥某街道办事处内

人　　物

于今晓——不到二十岁，原唱大鼓的女演员。
街道主任——三十多岁，女性。
于岳氏——四十多岁，于今晓的母亲，原为下等妓女。
盛区长——四十多岁，革命干部。
年大爷——五十多岁，说相声的，坏。
于爸爸——四十多岁，说相声的，笨。
霍青松——五十多岁，弹弦的，有爱国心。
扭秧歌群众若干。

【于今晓和街道主任两人一边聊天一边练习缝纫，缝纫机踩得起伏有声。旁边桌子上还摊着绣了一半的红旗。

街道主任　我看看，你越做活越好了。
于　今　晓　我活了快二十年，可从来没做过针线活。

街道主任　小时候你妈没教过你？
于 今 晓　我九岁就让我爸爸"写给"一个师父学唱大鼓了。不到十六岁就给一个做金融的资本家当小老婆。我真觉得自己两世为人，赶上了好时候。
街道主任　是啊，以前的事咱不想了，好好想想以后。
于 今 晓　嗯。我好好学缝纫，以后进工厂，当工人！
街道主任　当工人？那你不唱大鼓啦？
于 今 晓　当然不唱了！现在已经解放了，妇女已经翻身了，我们能用自己的双手吃饭，跟男人有一样的权利，凭什么还去伺候那些老爷们，陪他们吊膀子？
街道主任　唱大鼓也不能说就是……
于 今 晓　我妈也不能光在家待着，她还不老，她也应该学个手艺，自食其力！

【外边有人叫门，是于今晓的妈妈于岳氏。

于 岳 氏　于今晓在这儿吧？
于 今 晓　在呐！

【街道主任已经迎了出去，把于岳氏迎了进来。

街道主任　进来坐坐！
于 岳 氏　主任好，我来找闺女，她又给您添麻烦了。
街道主任　哪的话！她愿意多学多练，这是好事啊！
于 今 晓　妈，您怎么来了？

【于岳氏看了看主任。

街道主任　有什么不方便说的……要不我先出去走走。
于 岳 氏　没有没有，您坐着。（对女儿）你年大爷又来了，

191

　　　　　　拉着你爸爸喝酒，有的没的，老是撺掇你爸爸让你再出来唱！

于　今　晓　（气得小嘴鼓鼓的）有他什么事！

于　岳　氏　他就爱多管闲事，他说你嗓子不错，模样也好，就要红了，结果嫁人了。

于　今　晓　妈！

街道主任　提那些干吗？你看现在，不还是个前程远大的好姑娘嘛。

于　岳　氏　年大爷说呀，这回一离开刘家，借着大公司董事长姨太太下海这个题目，再加上你这个年纪、这个模样、这个嗓子，准能火！

于　今　晓　妈您也是这么想的是不是？

于　岳　氏　妈还不是为你好！

街道主任　唱就唱呗，群众要是欢迎，你就去唱，怕什么，我都没听你唱过，你要是再上台，我都要去欣赏欣赏。

于　今　晓　主任！我是绝不再上台唱大鼓了，下九流。

于　岳　氏　哪个当妈的不心疼闺女啊？可是这回你爸爸喝得有点儿多，刚还说要找你来，一定要让你唱呢。

于　今　晓　要上这儿来？

于　岳　氏　你年大爷还拱火，说他不敢来街道。你爸爸喝点儿酒就上套儿。我怕他真来，你没心理准备，我就先来告诉你一声。

街道主任　你看你这妈多好，以后可不准跟你妈发脾气。（对于岳氏）没大事，您放心。让他们父女俩说开喽，我们街道也帮着做做工作，今晓她想去唱大鼓就去，不想去，也不能强迫呀。

【外边传来一个男人的声音，一个并不甚魁梧，但是脸带刚毅的男同志走了进来。

盛 区 长　有人在呀，我进来啦！

街道主任　盛区长。

盛 区 长　我去区上办事，回来路过你们这儿，一看，门还开着，周末还加班呢。哟，这不是今晓吗？你们这是？喔，绣国旗呐！

街道主任　今晓来练练缝纫，她可有干劲呢！

于 今 晓　我以前没做过针线活，学得不好，就得多练练。

街道主任　（指着于岳氏）这是今晓的妈。

盛 区 长　您好。今晓，我找你还真有事，今天碰上了，那就今天说。你也别学缝纫了，你还得唱。好几位同志向我反映，你的革命干劲很足，而你以前又是有名的女艺人，我想我们现在正需要好的文艺工作者做宣传工作，应该把好钢用到刀刃上啊！

于 今 晓　怎么您也……我不唱！我好不容易不当姨太太了，你们非让我去重新当下九流吗？

盛 区 长　于今晓同志，你学习得还是很不够啊。在我们的新中国，文艺工作者——就包括你们唱大鼓的，是人类灵魂的工程师……

于 今 晓　灵魂？我现在不信有灵魂了，那是迷信！

盛 区 长　这么说吧，你用唱大鼓的方式，可以使群众在

193

　　　　　　欣赏艺术的同时，又能接受我们的革命宣传，
　　　　　　能潜移默化地改造他们的思想。
街道主任　对呀，当个文艺工作者很光荣呢！我们在陕北
　　　　　　的时候，连毛主席都很重视文艺兵。
于 今 晓　区长、主任，你们不懂我们这一行，干这行的，
　　　　　　都是下九流，没好人。
盛 区 长　过去干哪一行的，都有坏人。有钱人也不见得
　　　　　　都坏，穷苦人也不见得都好。你们这行我虽然
　　　　　　不懂，但我原来也算在天桥撂过地，知道一点儿。
于 今 晓　您也撂过地？您柳什么的呀？
盛 区 长　什么？
于 今 晓　我是问，您当初是唱什么的？
盛 区 长　我呀，什么也不会！小时候我就长在天桥，家
　　　　　　里太穷了，我妈快病死了，没辙，我就在天桥
　　　　　　跟着个要饭的混。他能唱数来宝，能比别的要
　　　　　　饭的要得多一点儿，我那会儿才十四五岁，糊
　　　　　　里糊涂就拜了个师父，学了半段数来宝。
街道主任　怪不得彭同志让您来当天桥区的副区长，您太
　　　　　　懂天桥了！那您是怎么参加革命的呢？
盛 区 长　那个要饭的心坏了，他见天桥桥头有招兵的，
　　　　　　就骗我去当兵，可把该给我的安家费都拿走了。
　　　　　　我想去找他理论，但是已经进了军队，就身不
　　　　　　由己了。
于 今 晓　这人真坏。
盛 区 长　我在旧军队里混了两年，也打了几仗。那时候

　　　　　军阀混战，我的部队被不停地收编、改番号、整编。后来到了国民党北伐的时候，我正好加入了叶挺独立团。就是在那个时候，我明白了只有共产党才能救中国，就加入了中国共产党。后来又跟着红军去了陕北，这回又跟着解放军进了北京城。这样，我就回到天桥来工作了。咱们还算半个同行呢。

于今晓　　我愿意当您革命工作的同行，不愿意当您天桥卖艺的同行。

盛区长　　我对天桥的艺人们确实不太了解，还希望你多给我讲讲呢。

于今晓　　我也不知道从何说起呀，我就是不想唱了。

盛区长　　于同志啊，我跟你说说我的想法。现在，正是建设新中国的关键时刻，大家都在用各种方法积极宣传党的政策，可是，编什么节目都没有你们曲艺快。我们在陕北打仗的时候，中午发生的事，下午文工团员就能编成快板唱出来。现在进了北京，我们应该用北京人爱看的形式，很好地表现出来。但是我了解的一些老艺人，受旧社会的影响比较大，一时还达不到我们的要求，我们就希望年轻人，尤其是在旧社会受过罪的年轻人，快快成长起来。我第一个就想到了你！

于岳氏　　她爸爸倒是想让她接着唱。

盛区长　　你爸爸也是艺人？

于 今 晓　说相声的。可落后了,每天就知道喝酒。别的不说,现在正在扫除文盲,不识字的都要识字。连我妈都跟我一块上夜校了,可我爸爸就不爱来,说影响晚上的演出。

【这时门口一阵小乱,两个四五十岁的男人一前一后走进了院中。正是于爸爸和他的搭档年大爷。于爸爸身带酒气,往里走,故意用很大的声音说话。

于 爸 爸　今晓在这儿吗?
年 大 爷　你得跟孩子好好说,别来不来就发火。

【二人进屋,见屋里有四个人,一愣。街道主任赶紧介绍。

街道主任　这位是咱们区的盛区长。

【于爸爸"怯官",见着当官的就说不出话来。年大爷倒很机灵,过来就跟盛区长握手。

年 大 爷　您好区长,我认识您。
盛 区 长　您认识我?
年 大 爷　您给我们讲过课呀。那课讲的《旧艺人的社会主义改造》,绝对讲得是天花乱坠,死人都能让您说翻了身,您简直是……说学逗唱,您都占齐了!
盛 区 长　谢谢您呀,我们工作做得不够的地方,您也得多提宝贵意见。
于 爸 爸　我倒真是有点儿意见。
盛 区 长　您说。

于爸爸　我们做艺的，把唱儿唱好，把弦子弹好，把相声说好，就行了，给我们办扫盲班，让我们学写字干吗用呀？又点灯熬油又耽误买卖！

年大爷　你说你，这么大岁数了还这么没出息。咱们学文化多好啊，识字班那老师教得也好呀，以后看报不得认识字？写新节目也得认识字啊？谁愿意当睁眼大瞎子啊！必须学识字……那什么，算术就免了吧。我们又不当会计，学那玩意儿干吗？

盛区长　一些基本的算术知识还是要学的，要不然，以后你们挣了钱，连算账都不会。你们都是天桥的老艺人吗？

年大爷　"老"不敢当，在天桥三四十年了。

盛区长　那你们知道一个叫霍青松的老艺人吗？

于今晓　知道，霍师爷。

盛区长　他是你师爷？

于爸爸　按辈儿论是她师爷，但是没教过她。

盛区长　他是演什么的？

年大爷　弹弦儿的。

于今晓　他怎么了？

盛区长　今天市里刚跟我说的。现在正在抗美援朝，国家要组织入朝慰问团，去朝鲜前线慰问志愿军战士。前线嘛，演曲艺最方便，要动员一些有影响的曲艺艺人，成立一个曲艺服务大队，其中就有他。在赴朝学习讨论会上，让他们谈话的时候，大家都谈了好多，他也谈了好多，很有积极性，很愿意去慰问志愿军……但他提出了一个让领导很奇怪的问题。

街道主任　什么问题？

盛 区 长　他要求在发服装的时候，多给他发一件大衣。

于 今 晓　大衣？

盛 区 长　对，大衣，棉大衣。团部的几位领导都觉得这个要求不合理，这已经春天了，越来越热，他要求发棉大衣干什么？

年 大 爷　按说不应该呀，他挺明白一人呀！哪能够瓦共产党……不是，占党的便宜啊。

于 爸 爸　是不是他……

盛 区 长　就算是他不想去，也不应该找这么个理由，说不通啊！

于 今 晓　霍师爷不是这样的人。区长，他就住旁边，您应该直接找他问问。

盛 区 长　上级也是这意思。那就把他请来，谈一谈。如果实在不想去，也可以不去。

于 今 晓　我去找他。

【这句话还没说完，于今晓已经小燕子般飞跑了。

街道主任　我也去看看吧。

【街道主任也出门了。

盛 区 长　你们这个女儿真好！

年 大 爷　大概他是嫌给的钱少，拿这件棉大衣折折价。

【片刻之间，于今晓就带着霍青松来了。霍青松五十多岁了，但是看得出来，身体不错，脸型很古怪，一看就是一个"各色"的人。盛区长还没说话，这位老人就快步上前，来到他面前。

霍青松　您就是区长吧？

盛区长　对，我姓盛。

霍青松　区长您好，我要求的那件大衣，组织上同意了吧？

盛区长　我就是为这事来的。

霍青松　还让您跑一趟。在弹弦儿的里，我是个老资格，也有一点儿名气。但我这些年实在是挣得不多，虽然现在解放了，但我们家里还真拿不出一件棉大衣来。

盛区长　您要棉大衣做什么用呢？天又慢慢热了。

霍青松　您就别问了，我有用。

盛区长　不成就等回来吧，一个慰问团那么多人，就给您一个人搞特殊也不好，等回来天冷了，我们给您想办法解决。

霍青松　不，我是要带到朝鲜战场上去！要说怕死，我是最不怕死的。十几年前，我在二道坛门旁边，本来要上吊了，是一个小兄弟把我救了。他告诉我，白白死了没有价值，人只有一条命，要死也要死于国事。那个小兄弟第二年就死了，但是他写的救国的歌，咱们现在还在唱着。就因为死了无数这样的人，新中国才真正建立了起来。可是美国人不让咱们好好活，咱们就得去朝鲜战场上跟他干！日本鬼子咱们能打跑了，美国鬼子也让他好受不了。可是，美国人的飞机厉害呀，说是一下就能来几百架，一炸就能炸一天，能几个小时就把一个城市炸平了！说美国飞机飞得那叫低，能把你的帽子抓走，咱们有飞机吗？太少了吧。可我迎着美国人的飞机去战场上慰问志愿军，我怕吗？我不怕！人生自古谁无死，我愿马革裹尸还！

盛区长 那您要这件大衣是……

霍青松 我可不是灭自己威风，我这样的到了朝鲜，很可能就回不来了。那我也要去！死在战场上能怎么着啊？能要棺材吗？古人说马革裹尸，用马皮把尸体包裹回来……领导是不是误会我了？

盛区长 我去市里的时候，廖团长亲口跟我说，这些老艺人没上过战场，他们认为这是去过生死大关，很多人都做了牺牲的准备，抱了必死的决心去慰问我们的战士。他让我来核实一下，看看是不是这么个情况。

霍青松 我们大鼓里有词：忠义名标千古重，壮哉身死一毛轻！

盛区长 您这种态度值得鼓励，但是，也不要思想负担太重。大家都说，你们传承的是国粹和国宝，一定要把你们保护好！而且也不是说去就去，你们还要学习防空常识、进行军事演练呢。

霍青松 好！太好了，什么时候走，我说走就走！

于 今 晓　朝鲜战场上还能唱大鼓?
盛 区 长　越是我们民族的文艺形式,越能鼓舞我们战士的士气!
于 今 晓　还能报名吗?
盛 区 长　第一批人数有限,以后还会有第二批、第三批。
于 今 晓　那我先报上名,下次一定得去。
盛 区 长　怎么?同意唱大鼓了?
年 大 爷　哎,你这孩子早听大人话,多好!
于 今 晓　年大爷,那您报不报名?
年 大 爷　去的人也不能太多了。
于 岳 氏　你老有的说!
　　　　　【这个时候,街道主任跑进屋来。
街道主任　金鱼池那几个臭水坑修成了人民公园,群众在庆祝,游行队伍过来了,你们来不来扭秧歌?
　　　　　【一屋子人哄然叫好,都争先恐后地往外走。舞台上出现一队腰缠红布的秧歌队,两旁边是本场演员,他们跟着整齐又欢快的鼓点儿唱着:

解放区的天是明朗的天,
解放区的人民好喜欢。
民主政府爱人民呀,
共产党的恩情说不完。
……

图书在版编目（CIP）数据

天桥六记/徐德亮著. -- 北京：北京日报出版社，2023.8
　　ISBN 978-7-5477-4502-1

　　Ⅰ.①天… Ⅱ.①徐… Ⅲ.①短篇小说—小说集—中国—当代 Ⅳ.① I247.7

中国国家版本馆 CIP 数据核字 (2023) 第 007253 号

天桥六记

作　　者：徐德亮
插　　图：付爱民
出版发行：北京日报出版社
地　　址：北京市东城区东单三条 8-16 号东方广场东配楼四层
邮　　编：100005
电　　话：发行部：(010)65255876
总编室：(010)65252135
印　　刷：廊坊市佳艺印务有限公司
经　　销：各地新华书店
版　　次：2023 年 8 月第 1 版　　2023 年 8 月第 1 次印刷
开　　本：880 毫米 ×1230 毫米　1/32
印　　张：6.5
字　　数：135 千字
定　　价：45.00 元

版权所有，侵权必究，未经许可，不得转载